我是好人

王淑芬｜文　曾湘玲｜圖

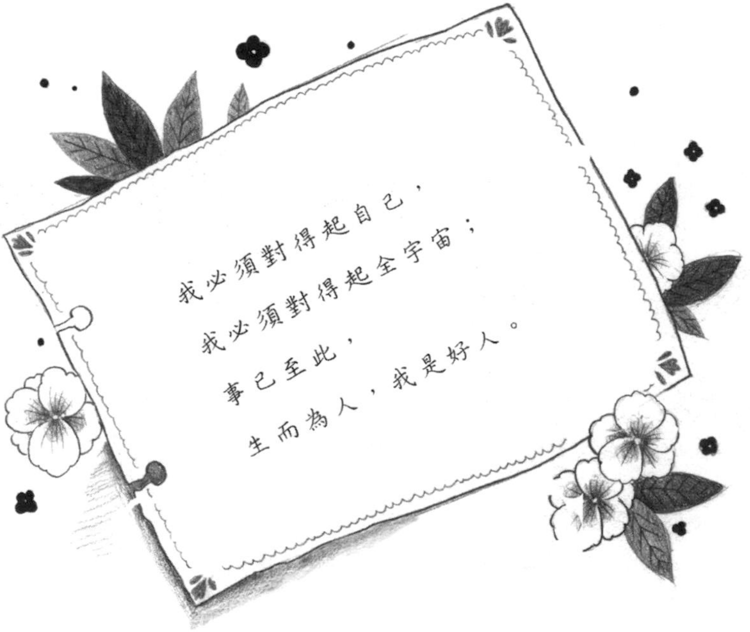
我必須對得起自己，
我必須對得起全宇宙；
事已至此，
生而為人，我是好人。

目錄

性本善。
MOVIE
MOVIE
張良穎

壹、穎哥

我是張良穎，常被戴上善人光環。其實我從來沒想過自己算不算善良？如果行善還得精心計算，能說是真善良？不過話說回來，就算是帶著某種心機去行善，只要不對他人產生惡，也沒關係吧。結果朋友說，光憑我會這麼想，便絕對是個善良好人。

對我來說，行善的最大好處，便是可以讓生活單純一點。要我做什麼嗎？沒問題，我做就是；只要一開始行動，再也不必與他人糾糾葛葛的。

「喂，穎哥，我發現一件事。」才轉彎走上樓梯，我的耳邊立刻響起那個眾人討厭的聲音。

只是，那聲音的主人，一點也沒察覺自己被討厭，還繼續高談闊論著：「那本暢銷書《被討厭的勇氣》，真的很矛盾耶。大家都怕被討厭，是因為常常覺得被討厭，這不就表示，多數人都在討厭別人？到頭來，大家都很怕被討厭，卻總是在討厭別人。還有比這更矛盾的嗎？」

我被這番繞口令般的因果關係，搞得頭昏腦脹不說，他那口沫橫飛、完全旁若無人的大演說家模樣，簡直像是在臉上刻著：「快，快來討厭我！」

但是，我不能像別人一樣，翻翻白眼就走開，還得連連點頭，贊同楊培俊的論調。

因為我是好人，我很善良，善良的人豈能討厭誰誰誰？那是會被討厭的。

嚴格說來，我不能以「討厭」來形容他，反而應該是說，我擔心他被討厭，所以只好無時無刻記得他是被討厭的，以便拯救他。這番話搞得人頭昏是吧，有時，我也覺得自己被一堆亂糟糟的想法、複雜有如貓咪惡搞的線團般，自己先頭昏了。

事情應該可以從這位楊大演說家，七年級下學期轉學到我們班開始說起。還記得那日，老師拎著他的後領，像拎小雞一樣，把才從南部搬到臺北來的新同學，領到我們七年一班教室講臺。

「自我介紹一下。」我們班導師一向言簡意賅，只需三個字的話，絕不會多說一字，據他自己說這叫「效率」。

這個新同學倒不像初抵陌生可怕國度的小雞，反而咧開大嘴一笑，嗓音洪亮：「大家好。嘿嘿，不用鞠躬敬禮吧。」講完冷笑話，他又往下說：「我叫楊培俊，楊桃楊，培養培，英俊俊。哈哈。」

我完全明白為什麼忽然有人低聲故意咳嗽。很故意。

老師好似盡完義務般，下巴一抬，就指揮這位冷笑話王子英俊俊坐在我左邊。我當下馬上知道，此後，他在班上的綽號，絕對就是「英俊俊」。

上個月，原本坐我左邊的李宜珊剛轉走。

楊培俊熱情的對我笑著，我也禮貌的點點頭。

對，我生平最不缺的便是禮貌，我盡一切努力彬彬有禮。

我是著名的大善人。

我常回想，這一切是怎麼開始的？我是指，難道我爸媽有著善良基因，於是遺傳給我？我從小就善體人意嗎？

答案？不，沒有答案！倒是我跟老媽到傳統市場買菜時，她那副為了怕被小販欺騙、於是裝狠的樣子，我常覺得好笑。老媽不是那種善心人士啦，老爸也不是，他老提醒媽媽：「不論路上遇見什麼人裝可憐，都不可理會。那是新的詐騙手法。」

我什麼時候察覺到自己被歸類善良呢？精確時間已不可考。但我永遠記得小學六年級那一件事。

那次，學校邀請一位作家至學校演講，全六年級坐在大禮堂舒適的吹著冷氣。可能因為冷氣夠強，連平時愛作怪的幾位男生也乖乖的在座椅上，沒有私下交談。於是，我竟然將作家所說的話，一字不漏全聽進去。

當然我沒辦法一字不漏重複一遍，但是，作家說的幾個重點，我全記得。

之一：人之初，性本善。

之二：善良的人到處受歡迎。

之三：善良分很多種，偽善之善，當然不好。

之四：通常女孩子會比較喜愛善良的男生；如今已不流行高富帥。

其實，我是聽到第四點才真的耳聽目明，精神百倍的繼續聽她講下去。前三點是我事後猜的。

為什麼作家會對一群六年級學生講這些？我想跟她的著作有關。演講結束後，我試著去圖書館借她的書來看，想印證一下「女孩子會比較喜愛善良的男生」出現在書中哪個情節？害我不得不將她幾本小說全借了，還得仔細閱讀。

說到這裡，我認為應該有些人明白了，我不是什麼文藝少年，我只是，當時恰恰好喜歡班上一位女生。當時想，作家的「戀愛指南」也許是個不錯的參考。

可是，我該如何讓那個女生一眼看到我是善良的？

運氣好極了。幾日後，老師問有沒有人可以到圖書室，幫忙抬交換書箱到低年級教室。我心想，事不宜遲，立刻舉手，這個行為絕對可以證明我是個善良男孩。

豈料，隔壁的蔡連華也舉手，還大聲補充：「拜託讓我去，下節課要社會小考，我沒準備。」

全班笑成一團，蔡連華一向喜愛扮演小丑。他這一說，不就拉我下水，我也成了逃避考試的小丑了嗎？

老師卻說：「蔡連華你別鬧了，我當然知道你用心良苦。學學人家張良穎吧，他一向熱心又善良。」老師看著我，忽然下指令：「張良穎，你就帶著蔡連華去幫忙吧。」

蔡連華立刻接話：「謝謝穎哥。」

全班又哄堂大笑，此後，我便成了老師親自認證、全班皆知的善良大哥哥。

被當成善良之人，有沒有好處或壞處？我倒是沒特別注意。但是，我心儀的那個女孩，回頭望了我一眼，笑了。

也許就在那一抹微笑間，善良兩個字，被刻進我大腦的海馬迴，從此成了我心智活動的一部分。

究竟，老師從何時起，將我歸類為「心地善良」，本來也讓我思考很久，不知其所以然。不過，隨著小學畢業，我喜歡的那位女生，聽說轉學到別的城市就讀，從此不再相遇，我也就慢慢忘了她，忘了追根究柢老師是從哪來的觀察。唯獨「善良可以收獲一枚微笑」這件事，我卻記得牢固。

所以，我不能算是天生良善吧。

話說回來，善良這種事，又何必分什麼先天後天，我總覺得，當事件發生在眼前時，當下採取的行動，不可能會先分類為「這次行善、下次行惡」。所有我們對事件的反應，全都是因為「習慣」。

一旦開始善良，就會習慣善良；是這樣吧？

現在，走在我身旁的英俊俊，是我目前的行善對象。在他說完「到頭來，大家很怕被討厭，卻總是在討厭別人。還有比這更矛盾的嗎？」時，正好走到科學教室門口。他沒等我接話，立刻奔入。英俊俊對自然科學懷抱著無比虔誠信仰，從他每節自然科學總是最先進教室、最晚離開便知；自然老師對他也無比支持，從他總是滿口「楊培俊來示範一下、楊培俊你有什麼觀點」便知。

同學倒也沒人嫉妒英俊俊的受寵，大概是因為全班沒有人想得到自然老師的關愛吧。簡老師年紀大，頭髮稀疏，穿著風格走「丐幫」流，不講究，特色是邋遢。明明是冬季，大家都裹在厚重大夾克中，他卻是短褲涼鞋，鞋子也不繫好綁帶，啪噠啪噠走在實驗桌間，搞得我也跟著心煩，常常不小心碰翻砝碼磅秤的。而簡老師會看我一眼，詭異笑著說：「你談戀愛啦？」

不論遇到什麼狀況，簡老師永遠都是這一句回覆，全班早就聽膩，不會有人發笑或發窘、尷尬。當然，永遠也只有英俊俊捧場的大笑，接話說：「簡老師，穎哥沒有女朋友啦。」

英俊俊近來埋首在他的科學專題研究中，連下課時間，都往自然教室跑，據他說，簡老師針對他的「暗物質研究」，倒是有許多不錯的建議可以參考。聽清楚沒，「不錯、參考」——是的，英俊俊在他拿手的科目上，一點都不謙虛，老自吹自擂談論著他的科學大發現。

不過，今天的氣氛有點怪，我才走進教室，便發覺英俊俊的臉色不對，再轉頭瞧，原來坐在講桌後的，不是簡老師，是一位年輕女孩。

「簡老師呢？」英俊俊走過去問。對方還沒開口，他又大聲詢問：「該不會請假吧？我的報告改好了嗎，我要拿回家補充。」

年輕女孩瞪他一眼，沒說話，自顧自的低頭看著桌上的教師手冊。

英俊俊只好也回座，滿臉怒氣，轉頭對我說：「穎哥，我的這一份報告，引用美國NASA最新發表的文章，你要看嗎？不懂的話，我可以解釋給你聽。」

我除了謝謝，還能說什麼。

同學陸續走進教室，看來沒有人對簡老師不見了感到好奇或關心，只有英俊俊面帶不滿的盯著那個占據老師講桌的不明女孩看。

「點名。」上課鐘響後，女孩站起身，面無表情說了第一句話。

同學一時間沒特別反應，只有英俊俊不死心，又大聲問一次：「簡老師呢？」

「沒請你說話，你就閉嘴。」突如其來的怒罵，讓全班都抬起頭看著眼前年輕女孩。不，她現在看起來比較像漂亮一點的巫婆，雙目迸出點點火花，嘴唇線為鄙視我們的不友善下彎線。她又再強調一遍：「我等一下會說明。現在讓我點名，有問題嗎？你們這些被寵壞的學生，萬事不缺，就缺品格。」

聲音尖銳，是巫婆無誤。可憐的美女老師，我簡直可以想像她將被同學取哪類外號了。一抬頭，我瞥見右前方的大陳轉頭對小李吐了一下舌頭。

原來簡老師已經申請退休，八年級起，由漂亮巫婆，不，是杜梅仙老師接任。杜老師才從研究所畢業，專長是生物學。

介紹完畢，我察覺到坐我左邊的英俊俊全身跟他的「暗物質」一樣暗了——雖然我不知道、也不想知道暗物質是什麼。他喃喃自語著：「我不喜歡生物學，太生活化的科學無法激發創意，沒有挑戰啊。」

整節課，杜老師便以一副女王之姿講課。其實她上得很賣力，也看得出她有認真備課，將課本內容解說得條理分明，而且掌控時間能力高超，竟然準時下課！從前，簡老師老是拖拖拉拉的。

衝著準時下課、一下課便頭也不回的走人，感覺上全班也立即無縫接軌的接受了杜老師。我想，也因為沒有人特別懷念簡老師吧，除了英俊俊。他的雙眼暗淡無光，落寞走在我身邊，嘆著氣：「我以後找誰討論偉大的科學？」

我拍拍他的肩，安慰他：「杜老師也行，她是碩士呢。我記得簡老師只有大學畢業。」

英俊俊突然瞪我一眼：「只有？你歧視大學生？偏見偏見。有學歷不見得有實力好嗎？」

我明明只是想安撫他！真是自討沒趣。我也嘆口氣，快步離開，往我們班教室走。一面走一面在心中低罵：「不識好歹這個詞就是為你發明的。」

一進教室，大陳用力拍了我的頭：「喂，穎哥，給你個新任務。」

「什麼啦？」我沒好氣的回話。

他遞過來一封信，粉藍的信封，說明這應當是椿不懷好意的惡作劇。然後他忍住笑意的說：「把這封告白情書交給潘盼。」

所有聽見這句話的人，立刻放聲大笑，包含就坐在大陳左方的潘盼。

潘盼因為名字特殊，是我第一個記住的女同學；但她個性更特殊，我猜她是所有人會立刻記住的人。

潘盼起身一把搶過粉藍信封，還想馬上取出裡面的信；大陳比他更快，再一把搶回，大喊：「才不是給你啦。天底下只有綠巨人浩克才肯跟你約會吧。」

潘盼看一眼信封上的字，乖乖把信交給我，微微一笑：「是給隔壁班的薛小鳳呢。」她還拍拍大陳的頭：「有眼光，這妹子我也喜歡。」

我的心臟碰碰碰響起巨大音量。

薛小鳳就住我家樓下，我們——我一直在心裡假裝我與她是青梅竹馬。她人如其名，像朵小小鳳仙花，在花園一角自在微微擺動身姿，漂亮卻不張揚，看著舒服。據媽媽說，幼兒園時，我們真的常玩在一起。

我的幼兒期一去不復返之後，很不幸的，我們雖同校卻永遠不同班，無法再近水樓臺，栽種出我們對彼此的好感；也許，只有我單相思。每回在電梯偶遇，我總是緊張得開不了口。她呢，則總是低著頭。

小小鳳仙花，是我對她的比喻。我家陽臺就種著滿滿一排，媽媽會以洗米水澆溉，又名指甲花的它們，五顏六色，尤其在夏暑期間，繁花盛開，美極了。我還上網查了它的花語，可惜竟然是「別碰我」。唉。

當然我也從來沒碰過她就是了，感覺她長大之後，愈來愈害羞。

如今，大陳想追她？就憑他？

大陳人不壞，算是班上的風雲人物，總是一副自己是大哥樣的罩著同學。我記得開學第一天，全班同學還未彼此相識，僅有在小學時就熟悉的人一圈圈小團體的，各自說著話，但又有點像小溪卡在彎道似的，流得不順，畢竟從前在小學，並非那麼知己深交，眼前無非是在陌生之地，找個同溫層說說話，為自己添一點溫暖罷了。

在寥落的聲語中，大陳卻發號司令起來：「喂，老師還在教務處忙，我們來玩個遊戲吧。」在全班驚訝又狐疑的眼神中，他從書包取出一個大信封，要大家輪流抽出裡面的紙片。看來，他是有備而來。哪來的怪胎啊？我心想。

豈料，其他人倒興致盎然的開始一一抽取紙片，還大呼：「我紅色！」「我藍色！」

原來，他以顏色區分，讓全班分組，同色者圍成一圈，互相介紹原來就讀的小學與姓名、嗜好。

看似幼稚得像童子軍才會玩的蠢遊戲，全班卻嘻嘻哈哈玩成一團，還真的分組、說起話來了。也許，大家只是等著有人拋出一塊磚，打破原來的寂寥，或那麼一些些未知的不安吧。

我就是在抽到紅組時，認識潘盼。她開口說的第一句介紹簡單明瞭：「我的名字一說出，你們絕對終身難忘。潘金蓮的潘，盼望的盼，潘盼，記住了吧。」

個頭矮小的眼鏡男立刻搭唱著：「太好記了。」眼鏡男是李淵志，簡稱小李。

而大陳從那一刻起，註定成為班長，以及班上任何大小事的領袖。

我手上的這封告白情書任務，接是不接？

我收下，收進書包。他們知道我住在薛小鳳家樓上。大陳還交待，必須在電梯獨處時，才能交給她。「不可被第三者看見。」

奇怪了，現在身邊不但有第三者、第四者，都不知道要算到第幾個人了，全都知道大陳有封情書要給薛小鳳。

「唉呀，反正不可以被他們班看見啦。這是我們班的『班密』。」大陳解釋。

潘盼居然也接著說：「班上的祕密，簡稱班密。班密只能交由最可靠的穎哥來進行。」

一整日上課下課，很明顯我心情低落。真實原因是什麼，我也說不上來。有些時候，我就是不安著，等著，像小螞蟻儘管一如尋常的爬過地面，但知道隨時會有一隻大腳掌，將人生瞬間壓扁。

最後一節下課，我覺得肚子有些不舒服，走進廁所，關上門。

不多久，傳來腳步聲、兩個人對話聲。

「他會照辦吧？」

「當然，他是好人耶。」

「也是，好像從來沒聽過他搖頭說不。人真好。」

「班上有這麼善良的同學，還真好。」

兩人大笑。

「是啊，哪像我們這麼邪惡。」

「其實，我有時候懷疑他是裝的。哪有人真的對別人那麼好？怪怪的。」

我真不敢相信，這種常在電視中出現、無意中聽見他人評論自己是非的肥皂劇情節，居然活生生在我生命中上演。這聲音是大陳與小李沒錯，小李竟認為我是偽善。

他們大約也沒料到，這種肥皂劇情節，亦在他們的生命中上演吧。

「管他真與假，善良的人本來就是為民服務的。」停了一秒，大陳聲音又接著說話了：「感謝世界上還有好人，不然宇宙就毀滅啦。」

我想用力呼吸，卻也知道不要發出聲響。大陳這句話，是真心的誇讚，還是話中有話的嘲諷？

「好啦，好啦。不過，我擔心他會不會偷偷拆開來看？人都有好奇心。」小李說這句話時，指的應該是他自己很好奇吧。

「不會，我有信心。他整張臉寫的全是：我是好人。」

沖水聲與笑聲揉在一起，我憋著，不敢發出聲音。

胸中卻是一口巨大無比的氣，要我痛快吐出來。去！去！去找他們理論，難道好人就活該當工具人？難道喜歡行善，就是怪怪的？

當然，我只是想想。

同時間，我在心裡擬出幾個計畫：

一、晚上回家後，以吹風機加熱信封口黏膠，便可打開信件。

二、直接將信撕碎，丟進垃圾桶。

三、也可以在撕碎信件之前，先瞄一下信中寫些什麼。

四、不然就是，明天退還此信，直接說不可能遇見薛小鳳，近來她好像參加什麼才藝補習，已經一個多月未能與她電梯獨處了。

五、不過第四個想法好像應該在打開信，不，在今天接到信的那一刻就明白表示才對。

總之，我的思緒亂得像陽臺上恣意開展的鳳仙花，花朵位置沒有章法。

放學後，我走在馬路上，一向跟我同路隊的英俊俊也默默跟在我身邊。我們兩個都有沉重心事。然而，此刻我大概沒有多餘的善心，用以安慰他失去簡老師的低落。

「穎哥，你從來沒有拒絕過人吧。」英俊俊忽然開口說的話，讓我嚇一跳。

我結結巴巴的，想強調自己並非濫好人：「誰說的？我一天到晚斥罵我妹，不准她玩電腦。」

他沒對我的回答做任何評論，只顧說自己的：「我看的那本暢銷書，有個結

論我倒是十分贊同。你要聽嗎？」

我並不想！此時，我不想加入你的讀書會。但我又想，說不定，英俊俊是一番好意，想試圖讓我眉頭開朗。就算他平時再少根筋，不怎麼注意別人的情緒反應，也應該看得出來我張良穎目前的心緒是在谷底。

「書上說，世界上所有的煩惱只有一個……」像是扮演電視上的魔術大師，得製造謎團氣氛似的，他還停頓一下，搞神祕。「就是人際關係。」

既然你博覽群書，知識豐富，怎麼不好好處理你自己的人際關係呢？我聽到英俊俊的勸世警言，都快笑出聲來了。

「楊博士，你倒挺有學問的。」我還真的笑了。

英俊俊也笑著說：「沒有啦，我就是愛看書。」然後，又再度說出他的勸世警言：「穎哥，我知道你是好人，不過，這不代表你什麼事都得點頭。」

「我當然知道啊。」

「那你為何答應送情書給薛小鳳？」

我想起來了，下午大陳指示任務時，英俊俊也在。

「只是給封信，有那麼嚴重嗎？」我提出反駁。說出這句話後，我也猛然想到：對，這有什麼？一封信，能引發蝴蝶效應嗎？我不相信。

蝴蝶效應指的是：一個小動作，有可能引發一連串反應，進而造成大風暴。但我判斷，一封信引不起什麼風暴。

原因很簡單，不論信裡寫什麼，薛小鳳是不會有任何反應的；我絕對有把握。薛小鳳的天大祕密，全班只有我知道，而我不會說。我是好人。

25 善良—穎哥

楊培俊小百科

貳、英俊俊

我是楊培俊，為追求科學與宇宙真相而生。凡與此有關之事，我義不容辭，要我做牛做馬、廢寢忘食做實驗、搞研究都行。只是，我的熱心，未必獲得別人感激之情。然而，我豈是為得到他人微不足道的感謝而生？酸言說我雞婆，或假意說我熱心，根本不會滲入我體內任何一個細胞核。我是好人，該為真理持續奮鬥。

如果世界上只能剩下一種人，拜託，不要是懶人；我真心祈禱著。

我應該以科學精神，將「懶人」好好定義清楚，免得上帝執行大洪水任務、重新改造這個崩壞世界時，產生疑問。本來，我還更該以三段論證法邏輯式的列出此定義是如何生成，但是，世人對我的理解，一向是不想理解，於是，我也就懶得對世人說明了。

「楊培俊小百科」

懶人：一種對不想做的事，會有一堆「因為、所以」的人種。

比如：因為我不懂電路，所以這個機器玩具，你得幫我組裝；因為我對天文沒興趣，所以我不想寫月蝕報告是應該的；因為我是懶人，所以我……就是不想動。

好吧，我可能對那些科學絕緣體質的人，有些苛求。只是，我真的不懂，很多事，查一下書、搜尋一下網路，甚至……就來問我嘛。然而，我的同學們就是連這麼簡單的基本動作都不想完成。

於是我有結論。

「楊培俊小百科」

我的人生義務：為世人服務，以免世界滅亡。

只是，如果有可能，千萬別讓全世界的人一起發懶，我分身乏術啊。

自然科的莫老師是我整個小學時期無趣生活中的一點有趣。可惜，他竟然在我四年級時退休了。我向媽媽抱怨時，她還反問我：「他很老了吧，早該退休，讓年輕人接任了。要知道，全臺灣有十萬個年輕合格教師，至今還在流浪，沒有職位讓他們奉獻哩。」

我當然知道，因為爸爸媽媽就是這十萬分之二。而這句話，簡直已成我家最常出現的一句話，比「快去寫功課」出現的次數還多。

也可能，是因為我小到大，不需要大人催我，我便好學不倦的寫完回家作業，甚至，還自己出考卷給自己寫，因而，爸媽根本不需要盯著我的功課。

我媽第一次發現我這樣面對自己的功課時，大約是我小學一年級吧，她還興高采烈的拍照，上傳在她的部落格，與她的社群朋友分享。之後，卻慢慢變質；最後成了：「楊培俊，你可不可以休息一下，去玩。別再看書，別再上網查資料，別再跟我討論任何與科學相關的事。我被你搞得還沒去教書，就想退休了。」

當然，媽媽是開玩笑的。我家一向百無禁忌，媽媽說，這叫做開明。

爸爸在新加坡的華語學校教書，媽媽一直很羨慕，直說自己沒考上，是因為運氣不佳，參加甄試那天，考試地點的氣場不對——我媽有點迷信。

小學五年級，我與三位同學被選派參加科學展覽，在老師的指導以及我瘋狂找資料做實驗下，得到全校冠軍。另三名同學，僅是幫我遞量杯與做紀錄，不過，他們十分樂意如此不平等的分工合作，當然我更樂意。我實在無法忍受甲同學「一定要分秒不差嗎？」，或乙同學「少做一次不會怎樣啦！」，以及丙同學幾乎讓我忍無可忍的「快點，我要去吃芒果冰了。」

世人難伺候；但我不在意。

全校奪冠之後，繼而是全市比賽。我提了好多科學研究的點子，包含我已思考很久的空間與時間加速問題。但是，老師居然說：「最好以原來的題目，再加幾個實驗。不要重起爐灶，太浪費時間。」

研究科學哪叫浪費時間？我當下立刻決定唾棄生物學。因為我們得獎的主題便是蛞蝓的研究，一開始也是老師建議的，說是跟課程相關。

在我極度不悅不甘心不痛快之下，原班人馬花了整個暑假在那些慢吞吞黏乎乎的生物上。這也就罷了，其實有對象讓我專注研究，我還算開心。讓我不開心的是，丙同學一下子怨實驗室沒有冷氣，一下子又暗示：「我不想參加，我是被逼的」（丙同學乃指導老師的侄子），搞得我火氣上升，忍不住回他一句：「不然通通交給我負責，你們都回家吹冷氣吧！」

「真的？」

「你說的喔。」

「不要向老師告狀。」

實驗地點就在我家頂樓，因為設備齊全，這兒一向是我施展身手的地方，除了沒有冷氣，該有的基本配備都有。我媽非常樂意讓我在此獨處，不去煩她。

那個暑假，我過得真舒坦，不但有可以集中精神研發的對象，還打發掉閒雜人等，專心一致的完成所有實驗。最大的收獲，則是得到全市冠軍；我從此知道熱心是有好報的。

我的熱心，的確為我招來不少好處。我得以獨攬整個六年級階段，負責整理科學教室的權利。還包下科學夏令營，主持低年級科學遊戲的設計活動，連道具製作我都舉手說「我來」——我不放心交給別人。

同學也都習慣只要與科學相關的事，都轉頭望我。老師還說：「楊培俊，你將來有機會拿到諾貝爾獎。」同學的訕笑，我寧可當作是預付的祝賀，而非當下嘲諷。我根本不在乎別人眼光怎麼想，何必。世人難伺候。

那本《被討厭的勇氣》，說的便是這個簡單人生守則：人生的任務不是要改變別人，而是改變自己。一旦改變自己想法，想通、想透，為自己的理念而活，就夠了。我因此更熱心於班上其他事務，連購買哪款飲水機，我也樂於獻上搜尋一整晚的各品牌優劣分析，讓全班投票表決。我在做這些事時，是真心快樂的。

然而，與此同時，我終究還是遇到生命中首次出現的兩難問題了。

「楊培俊小百科」

兩難：在事件中，兩個選項都有顯著缺點。

苦讀一年之後，我媽也考上海外教師資格，要到新加坡與爸爸會合。我要不要一起去呢？去呢，新加坡物價高，我也必須重新適應新學校；不去呢，我與爸媽分離，可能有產生心理焦慮的危機。

我們一家三口很理性的討論一晚，結果選擇「不去」。因為根據我列出的

「優劣分析表」中，我同去的缺點，比優點高出三倍。基於科學精神，我們確認暫時分離雖不合情，但是比較合理。

於是七年級下學期起，我便從南部北上，借住爺爺家，就讀北部的中學。我還挺高興的，因為，臺北的化工材料行與電子材料行，比南部多，將來要買任何實驗用品，既方便又快速，爸爸還加了句：「還更便宜。」媽媽補充：「因為有競爭。」

就這樣，我們一家無比滿意的親子分離，各過各的日子去了。媽媽只叮嚀我一句：「記得先觀察新班級、新環境的情勢，再決定採取什麼人際關係。」

我媽雖不跟我聊科學，倒很愛與我辯論心理學與哲學。她覺得《被討厭的勇氣》全書都是老哏，但是因為現代人只想聽那些淺近直白的關鍵句，以便能輕鬆找到重點劃線，所以書才賣得那麼好。我回她：「你這樣保證被世人討厭。」她則說：「沒關係，我有被討厭的勇氣。」

剛與爸媽分離時，第一晚我其實有點想念他們，與南部雖不高級、但尚稱舒適的家裡——尤其是我的科學基地。後來幾天，爺爺帶我認識住家周圍環境，我找到圖書館與科學教育館，加上某家書店裡科普類的書也多，有一層櫃子還放了一堆科學研究組合包，便寬心了。

唯一難題是新同學。

對他們來說，我是新同學；對我來說，他們也全是新同學。我應該只要秉持從前的熱心風格，相信一定能在此也得到我想要的「好處」。比如，我發現新學校的科學教室更酷，居然有超高1500倍光學倍率的多功能顯微鏡。當我自告奮勇在每節自然課之後，負責清理時，科學簡老師只答了句：「你談戀愛了嗎？」

全班哄堂大笑，我也跟著笑。雖然不懂老師的意思，但是只要讓我有機會摸摸那些儀器，要我談戀愛也行——當然是跟科學教室談。

放學時，我習慣跟班上的老好人穎哥一起走。他是我第一個認識，並確認可以深交的朋友。不論我說什麼，他都點頭微笑，不潑冷水。我觀察到，他對每個人，對整個宇宙都是這種軟嫩得像水母的姿態。

「你知道嗎，我爺爺家附近的書店，最近有個機器人組合包，十分超值耶。」明知穎哥對科學的興趣處於「雖不熱愛但可接受」的灰色地帶，我還是興高采烈向他報告。

豈料這回他倒眉毛一揚，跟著心海起波動的說：「真的？我們去看。」

難不成穎哥也是機器人迷？

「不是啦。」他笑著說明。「你去看機器人組，我是想買新一期的電影雜誌，我都是在那家書店買的。」

原來是電影迷。我只好改話題：「那你最喜歡的機器人電影是哪一部？可別說是〈瓦力〉，那是騙小孩的。我推薦先從星際大戰入門，〈A. I. 人工智慧〉、〈變人〉也都引人深思。」我想了想，又說：「今天回家我再詳細列張表給你，還會將相關的重要影評也放入。」

穎哥連連搖頭：「不不不。我不是電影迷，更不是機器人電影迷。我家唯一的機器人，應該是幼兒園時，媽媽買給我的巴斯光年吧。咦，它能算是機器人嗎？」

當然不算！我也搖頭問：「那你買電影雜誌做什麼？」

這個問題他沒回答，反倒另起爐灶問我另一題：「你從小就這麼熱心嗎？」

等等，從小？

「楊培俊小百科」

從小：模稜兩可說法，無法精確定義。

我只好自行解決他話語中不科學的部分：「我沒辦法確實指出從幾歲起，便有喜歡替別人做事的行為。可能，這是天賦性格。以及，也可能我曾經這麼做之後，發現產生的結果對我有益，於是更加強日後我採取這種行為的動機。」

我看著他茫然的臉，又補充：「不懂沒關係，我可以回家找相關的心理學資料，明天給你看。」

「不用啦。」他說完，推開書店門，往雜誌區走。

世人難伺候。

我只好也走到科學玩具區，仔細瀏覽它的產地與內容，價格也記在我腦中。今天回家，我會跟爺爺討論，哪一款最值得我預支零用錢買下。

目前看來，那款引自日本的「迷你電子積木」好像不錯，不過，「桌上型掃地機器人」看似更有意義，因為還有生活實用功能。

還在研究時，穎哥忽然拍拍我的背，抱著一本電影雜誌跟我說再見了。我沒心思再深究他買雜誌的用意，只絞盡腦汁想著，另一款「迷你仿生獸」會不會更有趣？

某日下午，班長大陳交給穎哥一封信，要他轉交隔壁班薛小鳳。因為穎哥就住在她家樓上。根據我人在第一現場的觀察，可以很科學的做出結論：「穎哥喜歡薛小鳳」。否則，他的臉色不會那麼快從熱心善人，轉為無奈失神者。

「楊培俊小百科」
失神者：遇到無法承受的打擊，卻又沒有適度管道可以抒發，只好壓抑之，導致大腦神經無法集中思考，出現混沌狀態。

全班我只服穎哥，理由是他也最服我。這種時刻，我出手相救是必要的。不過，依我的科學加心理學加哲學分析，勸服他「兒女私情不重要」必屬無效。只因我們正處青春期，俗稱狂飆期，心理成長速度比生理快，就算再如何禁慾、命令自己不要想那個女孩，卻做不到；雙腳依然往她走去。

幸好我目前對女生沒興趣，對顯微鏡與如何拯救世人比較有興趣。

我決定採取「分心法」——在不經意間，引導穎哥不再執著於這件事。

當我勸他不必事事都點頭，幫大陳送告白情書時，穎哥還緊握著「好人卡」般辯解：「只是給封信，有那麼嚴重嗎？」。真是個老好人。

我必須幫幫穎哥，才有辦法暫時忘掉我的知音簡老師退休一事。

「楊培俊小百科」

知音：方圓百里之內，唯一能跟我討論暗物質者，稱之為我的知音。

新來的杜梅仙完全在狀況外，她本身就是個暗物質，仍處於我無法掌握的未知狀態。

我協助穎哥的方案如下：盡量不讓他落單，一旦走在他身邊，便與之長談、細談、無所不談，讓他分心，不再專注思考薛小鳳，將此奪人心魂的三個字，驅逐出大腦的海馬迴。

穎哥果然在我努力下，不再精神渙散，但也有可能是因為班上發生了一件事，轉移了他的注意力，該事件我稱之為「進擊的潘盼」事件。

「楊培俊小百科」

進擊的潘盼：本班潘盼小姐，生平志願是成為爵士鼓手，原因不詳，我也沒興趣知道。但因其父親反對，於是拒絕參加課後輔導，以威脅父親，但沒有成功。

顯然，潘爸爸認為，鼓手是沒有前途或不適合女生的職業。其實，如果有可能，我倒是願意搜集詳細資料，為潘爸爸分析他的擔心純屬擔心，因為，多數人未來如何，並無法在中學時代預知，不夠準確。

只是，我自己忙著生簡老師的氣，以及想探測杜梅仙有多少實力，有無資格當我的自然科學教師，實在沒有空閒做這個分析。我當然也可以簡略寫篇統計表給潘盼，讓她去說服她的爸爸。不過，一來我自己不屑「簡略」，二來當我好意跟潘盼獻上計策時，她居然翻翻白眼，說：「什麼鬼表？我爸看不懂也不會看啦。」就走開了。

世人難伺候。

然而，穎哥一靠近潘盼，跟她說話時，她倒是沒溜開，反而不斷點頭，又搖頭，又點頭，兩人一副知心至交的模樣。穎哥就是這樣，大好人，誰都願意對他掏心掏肺。我見如此，便不必再為潘盼擔心。

既然穎哥不再為薛小鳳神魂不守，我就回到本有的軌道，好好鑽研如何對應杜梅仙。不是我瞎操心，萬一她教得不好，有損我的科學能力，豈能安心？我決定先從基本工開始，對她展開測試。

首先，當然是找一節下課時間，問她懂不懂暗物質？

我：「杜老師您好，我想請教有關暗物質的問題。」

杜梅仙面無表情的回應：「你要我說理論，還是存在證據？或是探測方法？探測方法要講直接探測實驗還是間接探測實驗？」

我當下立刻決定尊稱杜梅仙為杜老師，並將簡老師從我腦中原有位置移動一下，改放杜老師。這下子我終於可以放心上課了。

回家後，我立刻向爺爺報告此事，爺爺笑著說：「我就說嘛，國立研究所畢業，水準不會太差。」縱使我可以找出十個以上論證，證明爺爺的這項結論不科學，不過我心情很好，算了。

此後的自然科學課，我保持高度熱忱，以便向杜老師顯示，至少這個班有位學生好學不倦，完全明白她教學的苦心。看她每回上課嚴肅的臉，嚴厲的語氣，嚴格的作業要求，便知她是位用心良苦的良師。真不知同學為何在背後替她取的外號，竟是杜仙婆。

我如何制止皆無效。

我忿忿不平對穎哥發牢騷，穎哥卻說：「他們只是嘴上說說啦，沒特別惡意。我倒覺得杜仙婆聽起來挺可愛的。」

真是，穎哥的嘴裡吐出來的，全是象牙是吧。我真為杜老師抱不平。

沒想到，為她申冤的機會來了。

年度科學展覽競賽，我自願找幾位同學組隊參加。我知道本班同學一向懶洋洋的，生平無大志，除了潘盼老說她將來要參加爵士鼓大賽之外，我唯一聽到的參賽熱情，是大陳說他在運動會時，一定可以拿到全年級短跑第三名。

第三名！都還沒比賽，就向兩個不知何方神聖認輸。唉，我們班技不如人，連身體裡的熱血都不如人。

總之，我找了穎哥與小李組隊，並一再強調他們什麼事都不必做，只消在報名表上填入自己的名字。穎哥一口便答應，小李則想了想，說要回家問媽媽。這種事還需問媽媽？小李的心理年齡到底幾歲？這是為杜老師爭光，也為你李家爭光啊！

杜老師看到我呈上的研究主題時，眉頭一皺，問：「AI？」

我也言簡意賅回答：「人工智慧的迷你機器人，功能是可以自動擦黑板。」這是前幾日逛書店，看到的科學玩具組合包想到的點子。

杜老師聽我解說完畢，眉頭更皺了，提出現實問題：「可是，我們學校目前只有一部3D列印機。根據你的研究計畫，需要大量使用，我可沒辦法向學校借來讓你們專用。」

這的確是個大問題。

我回家想了很久，問爺爺如何是好，他只說：「請學校再多買幾部不就行了。」

爺爺的想法真簡單。世人如果都像他這麼樂觀，應該沒有人會得憂鬱症。他不知道世人難伺候嗎？

不過，這也算是解決方案之一。話說回來，一所中學只有一部 3D 列印機，有點遜耶。難道不該多添購科學設備，以利學生科學研究嗎？

我向杜老師提議，請她向學校總務處提出申請，唯有充實科學儀器，才有機會奪得科學競賽好成績，為本校爭面子。

但杜老師卻再度皺眉，搖頭說：「不論學校有幾部，都不能給你專用，不懂嗎？再說，為什麼只因為你想做此研究，學校就必須配合你？」

老師這說法雖然有一個弱點可攻破，但也不無道理。我只好退而求其次，在班會臨時動議時，提出「請同學回家向父母勸募，全班集資購買一部 3D 列印機。以後我們班就不怕沒得用了。」我還加上說明：「有一款一體成型的，不但輕巧便宜，還可透過雲端傳輸。將來大家在使用上有任何問題，都可以來問我。」

林宣明同學首先大喊：「為什麼？」

「楊培俊小百科」

為什麼：可根據語音語調高低，呈現不同作用。

林宣明此刻拉高音階的這三個字，充分顯示他是為了莫須有的反對理由，而提出反對。重點是他根本沒有舉手，不符合正確開會程序。無禮又無理。唉，世人難伺候。

潘盼第二個發難，但是她有舉手經主席大陳同意再說：「如果我提議全班集資買一套爵士鼓，英俊俊你也贊同嗎？」

我老實回答：「看情況。」再加補充：「然而，世人都知道，3D列印機比爵士鼓的使用度高，尤其對中學生而言。」

我再加強語氣：「你們不懂嗎？3D列印技術，是現代人必須懂的基本科技，不要只用狹窄的科學用途來定義它。想要一個獨特的玩具嗎？它可以為你量身訂做，造出一個！」

然而，儘管我多麼聲嘶力竭的為大家解釋，還是有人直嚷著：「為何要我出錢？為何要買一個我現在用不到的東西？畢業後怎麼分？」

穎哥轉頭看著我，低聲說：「別再說了。」他還講了一句什麼？似乎是「你不知道這樣很惹人嫌嗎？別再說了。」

是嗎？我是為全班好耶。買了它，我可以順利製作科學展覽器材，包管一舉拿下首獎，為全班也為全校贏得榮耀。何況它跟印表機一樣，算是現代做科學研究的基本配備，放在教室，全班都能用啊。

我不懂。

最後，主席大陳請大家表決，居然只有兩人舉手贊成。

放學路上，穎哥陪我走著。見我不說話，他開口了：「我們去逛書店吧。新一期的電影雜誌上架了。」

我嘆口氣，點點頭。

我這麼熱心為全班設想，卻換來冷言冷語。世人到底怎麼了？

參、小李

我是李淵志，同學都叫我小李。不用問我，我真的沒有意見。

〈第一幕〉

時：小李七歲時
景：小李家中客廳
人：李媽媽、小李、小李弟、鄰家江媽媽
△李媽媽與江媽媽在聊天，小李與小李弟弟在客廳邊地板上玩樂高

小李弟：媽，哥哥的樂高不借我玩。
李媽媽：小乖，借弟弟玩一下。聽話。
（小李嘟嘴將手中的樂高摩天輪遞給弟弟。）
江媽媽：你們家小李真的好乖，好懂事，哪像我們家哥哥，成天欺負妹妹。
李媽媽：是啊，他從小就貼心，不添麻煩。幸好是這樣，否則，我忙東忙西，他爸爸又長年不在，我會累垮啊。
江媽媽：你家先生目前派駐在哪兒？
李媽媽：他升官了，派到南部的軍營。比起從前，離家又更遠些了，唉。

江媽媽：你們怎麼不跟去？
李媽媽：不行，小孩老是轉學，會適應不良的。我們夫妻倆特別重視孩子的成長。不能讓孩子跟著軍人老爸調來調去的，可憐。
江媽媽：也對。幸好你家小李會幫忙照顧弟弟。
（小李把手中組裝好的小汽車樂高，遞給弟弟，露出微笑。）

〈第二幕〉

時：小李小學二年級時
景：二年五班教室
人：小李級任導師蘇老師、小李與同班同學

蘇老師：打開數學課本，翻到第十頁。
（一位同學舉手）
蘇老師：怎麼了？

舉手同學：老師你說錯了吧，第十頁上節課教過了。

蘇老師：教過了？你確定？

（小李翻到第十頁，瞪舉手同學一眼。）

舉手同學：你明明說今天要教新的；上節課你還要我們回家先預習。

蘇老師：咦？是我記錯了嗎？好吧。請翻到第十一頁。

（小李翻到第十一頁，對舉手同學點點頭。）

〈第三幕〉

時：小李七年級開學第一天上午

景：七年一班教室

人：小李與全班同學

（全班分為幾個小群體，各自聊著。大陳忽然從書包中取出一個紙袋，走到講臺。）

大陳：喂！各位同學，老師還在教務處忙，我們來玩個遊戲。

（同學抬頭看他，有人露出狐疑眼光。小李本來看著新書，聽到大陳聲音，立刻放下書，專心看著大陳。）

大陳：我們來玩分組遊戲，大家先彼此熟悉一下。誰要先來抽？抽中相同顏色的就是同一組。

（所有同學你看我、我看你，沒有人採取動作。小李走上前，從紙袋中抽出一張紅紙。）

大陳：謝謝這位同學，請問你叫什麼名字？

小李（聲音略小）：我叫李淵志。

大陳：李淵志，謝謝你的合作。可以叫你小李嗎？

（小李點頭。同學陸續走向講臺，輪流抽籤。）

（當天放學時間，大陳拉著小李一起走出教室。）

大陳：早上謝謝你幫忙，讓全班打開僵局。

小李：應該是謝謝你，設想得那麼周到。

大陳：以後你就跟著我好了。對了，明天選幹部時，你提名我當班長吧。我這個人最大缺點就是雞婆、愛管閒事，希望能幫全世界人的忙。

小李：沒問題。這是優點，不是缺點。

大陳：我們班有你真好耶。如果我是福爾摩斯，你就是華生；如果我是青蜂俠，你就是加藤；如果我是蝙蝠俠，你就是羅賓。還是你想當蝙蝠俠？

小李（連連搖頭）：不用，我當羅賓就好。

〈第四幕〉

時：小李七年級上學期

景：連鎖冰品店

人：小李、大陳、同學A、同學B

（四人一面吃冰、一面聊天）

大陳：你們還想吃什麼？盡量點，我昨天才領了零用錢。
同學A：你好大方。
同學B：我吃撐了，夠啦。
大陳：不行，這一點哪夠。小李，你去櫃臺拿單子來，我們再多點些東西。
（小李跑至櫃臺，拿回菜單後，將一張表格放在桌上。）
小李：店員說，如果填寫這張意見調查表，還會多送一份手工餅乾。
同學A：我吃不下了。
大陳：你就寫吧。
（小李拿出筆開始寫。）
小李：這一題問，對今日餐飲滿意嗎？你們滿意嗎？
大陳：隨便寫啦。
小李（轉頭看同學A與B）：你們覺得呢？
同學B：誰在意啦，隨便寫。
小李：第二題，對今日服務滿意嗎？你們覺得呢？

大陳：無所謂啦。小李，你想寫什麼就寫什麼，別管我們。
小李：可是……，我也沒意見啊。
同學A：你沒意見，何必拿意見調查表？
（小李把意見調查表拿回櫃臺）
同學B：你不是說，填表有免費餅乾，為什麼不隨便寫寫呢？好呆。
小李：我再去拿一張。但是，你要說意見喔。
（其餘三人大笑）
大陳：你這麼聽話，會被欺負的啦。
小李（也跟著笑）：不會，你們不會欺負我。
大陳：我們正在笑你耶。
小李：喔，好吧。那我就不去拿意見調查表了。

〈第五幕〉

時：小李七年級下學期

景：七年一班教室

人：小李與全班師生

（級任老師帶著剛轉來的新同學楊培俊進教室，並要他上臺自我介紹。）

楊培俊：我叫楊培俊，楊桃楊，培養培，英俊俊。哈哈。

（教室響起一陣低低的笑聲。大陳故意咳嗽。小李也跟著咳嗽。張良穎看著楊培俊，皺起眉頭。）

級任導師：請大家多多照顧新同學。張良穎負責讓新同學熟悉環境。

大陳：老師，我也可以幫忙。

小李：我也可以。

級任導師：一個善心人士張良穎就夠了，別來搗亂。

（小李看著大陳，大陳搖頭，小李跟著搖頭。）

〈第六幕〉

時：小李八年級上學期

景：學校男生廁所

人：小李、大陳

（兩人一前一後走進男生廁所）

大陳：這件事的幕後真相，你先別說出去。

小李（用力點頭）：當然當然。你是在行善，我當然幫你。

大陳：你會不會太聽話了？我叫你往東，你從來不往西。

小李：聽話有什麼不好？我覺得這樣很好，不必自己做決定。

大陳：萬一是大壞蛋要你聽話，你也聽？

小李：你看太多黑道電影啦？

大陳：難道你從來沒有自己的想法？你的字典裡有想法這兩個字嗎？

小李：我的想法，就是不要有想法。我的字典一片空白，好輕鬆。

大陳（哈哈大笑，拍拍小李的肩）：你真有趣。

小李：對了，剛才那件事，張良穎會照辦吧？

大陳：當然，他是好人耶。

小李：也是，好像從來沒聽過他搖頭說不。人真好。

大陳：班上有這麼善良的同學，還真好用。

（兩人大笑）

大陳：是啊，哪像我們這麼邪惡。

小李：其實，我有時候懷疑他是裝的。哪有人真的對別人那麼好？怪怪的。

（兩人走出廁所）

小李：你說張良穎是好人。那我算不算好人？

大陳：你這麼聽話，你不是好人，誰是好人？

小李：萬一我不是呢？

大陳（張大眼睛瞪著小李）：你是說，這一切都是你演出來的？

小李（輕輕揍大陳一拳）：我才不是。

〈第七幕〉

時：小李八年級上學期某日夜晚

景：小李家

人：小李、小李父母

小李爸：兒子，你報名參加跆拳社了嗎？

小李：沒有，我沒興趣。我比較想參加攝影隊。

小李爸：可是，練練跆拳對你身體好啊。你看看你，又瘦又矮，眼鏡度數深，不去鍛練身體，哪行啊？

（小李沒說話，看著媽媽。）

小李媽：好啦，兒子沒興趣，何苦讓他去什麼跆拳社挨揍。說不定愈練愈瘦。

小李：對，媽媽比較了解我。

小李爸：你們聯手對付我？

小李媽：豈敢豈敢，只是，你經常不在家，兒子需要什麼，我比較清楚。

小李爸（皺眉）：做媽媽的就是心軟，你真該面對真相，咱們兒子的確是隻弱不禁風的小飼料雞。唉，都怪我的工作，不能在家陪兒子成長。

小李媽：說這些做什麼？你要慶幸兒子懂事，從來不給我添麻煩。

（小李看著爸爸，再看看媽媽，媽媽也皺著眉。）

小李爸：就是因為他懂事，我更慚愧。沒有男人在家，讓他學習硬起肩膀。都怪這工作，都怪我沒本事……

小李：爸，沒關係啦。我明天就去跆拳社報名。也對，我應該練一下身體，看能不能長高一點。

1980
1988
1994
2000
2001
2004
2005
2008
2011
2013
1

肆、杜老師

我是杜梅仙。任教於中學，是八年級科學教師。人生該有核心價值，否則與動物無異。我不是在寫八股文，只是一種生命的體悟。我痛恨不公不義，多半時候，卻無能為力。如果幸運的遇到可以使上一點力，我當仁不讓。

大學時曾有位老師說：「正義有時是兩面刃，小心別成了正義魔人。」沒想到連老師都如此鄉愿！氣得我接下來的學期，都沒有選他的課。真正的正義之舉，必須是一種衝動，含有某種對世界懷抱任務的浪漫，否則何必費時費神，累壞自己？上天必定也挺我，讓我成了老師；我是正直好人，會一路主持正義。

我曾經看過一部電影，劇情是一家人圍坐在餐廳，媽媽自以為是搖滾巨星，拋夫別子的離家享受自由；大女兒成天哀怨為何老公有外遇，兒子則是覺得這個媽媽很丟臉，躲得老遠。只有爸爸，面露無奈的安撫著這群人，這群連好不容易聚個餐，都還要大吵大鬧丟臉的一家人。

我當下大嘆：「這位爸爸不就是我嘛。」

全天下大概百分之九十九的人，都自私自利，個人本位，從不為別人設想。我和電影中那位爸爸一樣，是可憐的百分之一，犧牲自己該有的歡樂，維持著地球的穩定，不讓瘋狂世界傾圮。

小時候，每當播出超級英雄的卡通片時，我哥便滿臉不屑的批判：「又在騙小孩了！造神運動。世界上沒有什麼偉人、聖人啦。」

我在一旁，冷靜提醒他：「哥，你別再挖鼻孔了，沒禮貌。」

有一次，全家出去聚餐時，他一面稀哩呼嚕喝湯，一挖著鼻孔，我氣得直瞪他。

媽媽與爸爸竟然一起笑著說：「小梅，你好正派喔。」媽媽還笑到趴在桌上，笑聲之大，連隔壁桌都轉頭過來觀賞我們這一家的醜態。

我咬牙切齒低聲的說：「沒品。」

爸爸做鬼臉：「哇哇，被我家六歲糾察隊長斥責，我回家面壁。」然後，我那三位可怕的家人又一起大笑。當然，我哥又故意對著我，挖另一邊的鼻孔。

上小學後，我總是被選為風紀股長，大約是我夙夜匪懈的不斷糾正同學，只要被我看見有人座位下有紙屑，我必定上前指正。有人在老師講課時低頭看抽屜中的漫畫，我便向老師檢舉。

我從小便沒有什麼手帕交、知心好友，然而我一點都不在意。我深信，誕生在這個烏煙瘴氣的地球上，我必有高貴的使命。那些世俗的人際關係，完全無益於精進世界，通常只會帶來陰暗面。

小學五年級時，圖書館邀請一位作家來演講，我難得的十分期待與興奮。因為，那位作家的書中，也不斷提醒所有人，要有道德良知，要成為有正義感、正直之人。他一共出版十二本書，我全都借閱過，還以零用錢買了一本，以便能在書上劃重點，寫眉批，把我的感想立即加以記錄。

哥哥看見那本書，取笑我：「看這書名，便讓我倒胃口。」

我瞪他一眼，回嘴：「你這副模樣，我看了才倒胃口。」哥哥為了趕時髦，自以為帥氣的在暑假中將頭髮染成紅色，我指著醫學月刊上的報導勸說，染髮易得皮膚癌，他還搖頭晃腦的說：「人不輕狂枉少年，你是不會懂的。」

明明紅色頭髮與他黝黑皮膚不搭，他也聽不進去。我晃著手中作家的書，對哥哥說：「下週這位作家會來我們學校演講，我要拿書去請他簽名。」

哥哥沒理我，對著鏡子擺姿勢，真是俗到谷底，我搖頭嘆氣。

作家來訪那一日，我們班一如往常，吵吵鬧鬧的走進會場，不管我多麼厲聲嘶吼請大家安靜排隊，也沒多少人理我。這個班真是無藥可救。幸好我喜歡的作家即將現身，讓我心情大好，放過這些討厭的吵鬧鬼，沒記下他們的名字。

果然作家沒讓我失望，除了講好多有趣的故事，也在情節中，穿插許多為人處世的大道理，比如他說：「所以我為什麼在故事結局，讓烏龜最後得勝呢？誰要說說？」

我將手舉得好高，如果幸運被點到，不但可以表達我對作家故事的深入分析，還能得到作家準備的小獎品，那是他親筆簽名的卡片呢。只是，不論我將手舉得多高，多麼精神奕奕的表現出熱烈參與感，作家就是沒看見我，選了其他人。

演講結束，我終究沒拿到獎品，真讓我氣餒。不過，我有帶著作家的書，圖書館老師說，想讓作家簽名者，可以留下來排隊等候。

奇怪的是，居然只有三個學生帶書來請他簽名。我故意排在第三個，心想說不定還可以藉此機會，問作家一樁我對他書上的疑惑。

作家十分親切，還對索取簽名的學生問話呢。我排在兩位學生之後，真是既緊張又開心。再仔細一看，演講桌上，還留著幾張剛才沒送完的小獎品。唉，我居然沒能拿到，算是幸運中的小不幸。

輪到我時，作家翻開書，小心在我書上寫上名字。忽然不知從哪裡冒出來三個別班的學生，湊過來跟作家說話。一個說：「我家裡有好多你的書，我爸爸買的。」我斜眼看著那人，心裡真不是滋味；如果你家有書，而且還有好多本，為何你兩手空空，沒帶來請作家簽名？

這三人不但插隊搶著跟作家說話，第二個人還說：「我剛才舉手，你都沒叫到我。我好失望啊，我好喜歡你寫的故事。」

結果，作家居然拿起一張簽名卡片，遞給那個甜言蜜語的學生，說：「沒關係，我還有，送給你。」

這還不夠，另外兩人也不費任何力氣的得到卡片。作家笑咪咪說：「來，一人一張。」

我差點兒氣死！

剛才演講專心聽、努力舉手回答問題的人，竟比不上說幾句好話的人？這世界還有公平正義嗎？我拿回我的書，雖然作家才寫了兩個字，名字未簽完，我仍決定以此行動表達我對作家的不滿。

圖書館老師叫喚我：「喂喂，還沒寫完，怎麼就跑了？」

我聽見那位作家笑著說：「哎呀，可能是個害羞小女孩吧。」

才不是！

我只是不同意作家處理事情的方法，讓投機取巧者，可以輕鬆拿到獎品，這樣是不對的。

還有一次，我家鄰居走在我前面，一面上樓一面抽煙，我跟他說：「老師說不論自己抽煙，還是讓別人吸入二手煙，都有致癌危險。」那個鄰居伯伯回頭，竟然狠狠瞪我一眼。

我當晚在網路找到一張禁煙海報，列印出來，要哥哥陪我，到樓梯間張貼。哥哥大叫：「這種丟臉事，我才不做。」

我也氣得大叫：「在小孩面前抽煙，危害我的健康，這才叫丟臉吧。」

結果媽媽勸我，說鄰居伯伯一個人住，很孤單，怪可憐的，我們不要再讓他更難過。我心想，這是什麼奇怪邏輯？

不管小學、中學、大學，這樣的事我遇到的真不少。真讓我覺得世道不古，大家就不能學學古代人，有點正義之氣嗎？爸爸每次聽我抱怨，竟還邊笑邊拍我的頭說：「小梅，你是現代文天祥。」然後就開始背起「正氣歌」，不過，他只記得開頭兩句：「天地有正氣，雜然賦流形。」

唉，看來我們家只有我是正常的。

我一直對生物學有興趣，因為實在不耐煩與庸俗的人類打交道。有一天，我在電影院排隊買票，準備看超人電影時，居然有個媽媽走過來跟我說：「小姐，你可以幫我買票嗎？我兒子忽然想上廁所，我必須先帶他去。我怕回來時，這場的票已經沒了……」

她後面說些什麼，我完全聽不進去，只覺得滿腔怒火，一把又一把的燒得熾熱。我的眼神大概已經火紅到要將眼前這個女人焚化，她退後一步，居然對著排在我身後那個男生，說出同樣臺詞。

最可惡的是，我身後那個男生，竟然一口就答應。

我冷冷的說：「這個世界就是有人做事沒有邏輯。既然帶著孩子出門，便該在家預訂好票。」

見身後的人沒有回應，我又繼續開示：「有些人，老想著全世界都該幫他，也不想想，對等候多時的排隊者，多麼不公平。」

還是沒反應。

我愈說愈氣：「為人父母，如果不當孩子榜樣，在這種大熱天，硬要帶幼兒出門，還硬要沒有耐性的幼兒陪著看冗長電影，真是太自私了。」

總算在我身後那個濫好人開口了：「你是不是有憂鬱症，還是躁鬱症？」

我立刻回頭，凶狠要他拿出身分證，我要拍下他的證件。我說：「你回家等著收法院傳票吧。這個世界就是有你這種信口毀謗他人的缺德者。」

那個沒有一點正直氣概的弱男子，果然被我的凜然正直之氣嚇到，連連鞠躬：「對不起，對不起，我沒有毀謗你的意圖。請原諒我。」

我已經沒有看電影的胃口了，轉頭回家。

你看看，社會上充斥著各式各樣的負面情境，我們這種稀有的正派人士，活得真辛苦，連看場電影，都會遇見嚴苛考驗。

於是，後來我警醒了，想提昇社會風氣，扭轉人性向善，大人可能沒救，必須從教育學生做起。我加修了教育學分，順利考上教師執照，通過甄試，到一所中學任教。

我沒料到，連教導學生，也是考驗連連，問題一大堆。每次上課，不是做實驗時打來鬧去，就是低層次的蠢問題一堆。都讀到八年級了，連石蕊試紙的用途，還有學生完全不懂。

唯一讓我可以鬆開一點眉頭的是班上的楊培俊，看得出是個科學少年，上課十分認真，下課也熱心的幫忙整理自然教室。不過，此位科學少年有一點讓我十分頭疼，就是太熱心。打個比方吧，如果我對作業或實驗的要求是一百分，他偏偏得自動自發做到一百五十分。

也許別的老師會認為，這樣好學不倦，而且又自動加碼學習的孩子，求之不得呢。但是楊培俊又不只是這樣，他還會希望別人也一起加碼，這樣對嗎？

有回上課，我提到一年一度的科學展覽，他迫不及待的不但想參加，連題目與主要探索內容都想妥了。我觀察到，他找的兩位同組組員，一個是班上的濫好人張良穎，一個是完全沒有主見的李淵志。

問題很明顯，這個楊培俊太愛出風頭了，故意找來兩個低調又膽小的同伴，好讓他大顯神通，耍威風。根本是個人主義，對其他人可不公平。

我得殺殺他的威風。尤其當他要求學校必須提供3D列印機，方便他進行實驗時，我沒給他好臉色，並嚴厲的說：「根據你研究計畫，需要大量使用，我可沒辦法向學校借來給你們專用。」

這位科學少年，可能對人情世故愚鈍無知，竟還建議我請學校多買幾部。我只好更加嚴厲的搖著頭說：「不論學校有幾部，都不能給你專用，不懂嗎？再說，為什麼只因你想做此研究，學校便須配合你？」

總算他知趣的離開了。這種學生，真是自私得可以。以為整個學校，就為他一個人設立嗎？懂不懂公平兩個字？

這個班級還有位女學生潘盼，也是個頭痛人物。不論發下何種實驗器材，她就拿著試管、夾子、鐵尺，在桌上敲敲打打，一副鼓后的神態。我大聲制止：「你敲壞任何東西，都得照價賠償，懂嗎？」

她吐吐舌頭，停下手中動作，不過，頭與手還是不停的點著、擺動著，真把我氣到頭頂快冒煙。我再大聲斥喝：「你把器材弄壞，不僅要賠，還將影響下一堂課別班使用。你從來沒替別人設想過吧？」

潘盼低下頭來，滿臉傻笑，代表我這番話從她左耳飄入、右耳飄出。

如果有學生對自己行為無法負責，經師長訓誡之後，仍然冥頑不靈，那是他自己造孽。天作孽，猶可違；自作孽，不可活。這是古代孟子引述「尚書」的話，我非常贊同。上天降臨的災禍，人類或許有機會可逃躲；如果是自己惹出的災禍，可沒人能幫你解決，是自找死路。

但我諄諄告誡的這些話，學生哪裡聽得進去？連我哥聽我訓了二十多年，都不理會了。我只能下結論：你們想自私自利過一生，違反公理與正義，到頭來災難上身，活該。我早就勸過了。

八年級第二次定期評量過後，楊培俊下課時沒離開，拿著自然科學考卷，跑來找我。

「老師，這一題我寫的明明有道理，為何錯？就是這一題害我無法滿分。」科學少年滿臉沮喪。

看在他一臉的難過，加上之前幾次，他的確每張考卷都拿滿分，我只好仔細瞧瞧他的考卷。

這是一道選擇題，題目為：「海綿寶寶與章魚哥分別泡入一個放滿海水的浴缸內，請問何者流掉的海水較多？(A)海綿寶寶(B)章魚哥(C)都一樣(D)無法得知」

楊培俊圈選的是「無法得知」。

我破口大罵：「你怎麼可能不懂？竟然還寫錯！」

「可是……」楊培俊一副大演說家的架勢，認真分析起來：「所謂海綿寶寶與章魚哥，根本就是虛擬的卡通角色，出現在講究實證精神的科學考卷上，本身就不科學啊。」他又滔滔不絕繼續論證：「我怎麼知道這裡的海綿寶寶，指的是哪裡來的生物、無生物、怪物，說不定它只是一團外星球來的氣體，說不定它無法沉入水中，說不定它是某種……」

我沒等他說完，就大叫：「你是雞蛋裡挑骨頭！」

楊培俊滿臉的委屈，低聲說：「我以為你懂，我以為你跟簡老師一樣，對無比精確的科學論題十分講究。我以為你對學生很公平，會很正直的評斷是非。」

這麼多的「以為」，楊培俊你以為我是誰，我是必須乖乖聽你話的下屬嗎？

他不死心，居然還說下去：「杜老師，當同學在背後叫你杜仙婆時，我還為你打抱不平，幫你斥罵他們。因為我相信，從事科學的人，最公正無私，會以理性精神看世界。」

我說不出話來。杜仙婆？

楊培俊你有沒有搞錯，我杜梅仙從小到大，最念念不忘的，就是公平正義啊。今天反倒你來教訓我？

難道，我真的搞錯？我可是言行一致的正義之士，我是好人，從小就是耶。

我瞪著那張考卷，卻不知道該如何是好？

77　正義—杜老師

伍、大陳

我是大陳，從小這外號便跟著我，除了因為我塊頭大，也因為我說話快、笑聲大吧。哈哈大笑聲，是我對世界最常發出的聲響，因為必須藉著它，掩飾我巨大身體內的一絲絲哀傷。不過，認真說起來，這種文藝腔不是我的格調，我喜歡以慷慨之姿，呈現在眾人面前。誰不喜歡身邊有個大方的大阿哥，帶領小弟妹們闖蕩世界？世間險惡，有時就算不想給，也只能咬著牙給出去，不論是實質的東西，或是愛啊情啊抽象的情意。不過，咬著咬著，最後好像也習慣了。

但是，要給到什麼時候？什麼程度？這又是我另一絲小哀傷了。但文藝腔不是我的格調，暫且不表啦。

我小時候最常聽見我媽講的一句話，便是：「我家兒子啊，頭壯胳膊壯，還有顆大心臟。」幼時不甚懂，還以為是在說我有某種奇怪的病，只是，媽媽對旁人說這句話時，倒是滿臉笑容，所以，我猜應該不是我有病。

等到大一點，終於懂了，原來媽媽的意思是我的心很寬，很大方。究竟是哪一天哪件事，讓她開始有這樣的結論？我不記得。只是，印象中，我真的不自覺的會願意分東西給身邊的小朋友。

七歲生日時，媽媽邀請鄰居孩子來我家玩、吃蛋糕，一個五歲女生從頭到尾只有一句臺詞：「我要這個。」她口中的「這個」，包含我頭上的生日尖頂帽、我手腕戴的玩具手錶，以及客廳桌上爸爸買給我的挖土機模型車。

五歲女娃會喜歡挖土機我才不相信，或許這四個字是她的口頭禪，加上她的媽媽滿臉尷尬的說：「不可以，那是哥哥的。」更加堅定小女娃的意志。最後，她使出大絕招：躺在我家地板，大哭，雙手雙腳並以極紊亂節奏擺動。

我欣賞完她的表演後，咧開嘴說：「不然，這三樣東西，讓你選一樣。」女娃停止哭與擺動，女娃媽媽停止斥罵，在場其餘的媽媽停止皺眉。她選了很久，才決定要我頭上的帽子，因為有「亮晶晶」——她說的。

幸好沒選我的挖土機。

全場媽媽開始表揚：「大哥哥真是慷慨、好大方啊、我家小孩能這樣該多好、這孩子情緒智商一流啊、陳太太你的命真好……」

真是一次愉快的慶生會；之後，我媽恨不得每年都舉辦，每年都邀那位「我要這個」女娃來。可惜，我爸說太炫富、會招忌，因而作罷。

從此我發現略施小惠，通常能皆大歡喜；比如，跟媽媽上菜市場時，我拿出口袋裡預藏的糖果，送給冰店阿姨，便能換來高亢音調的讚美，以及一球冰淇淋。而隨時發送給同班同學的餅乾與棒棒糖，更為我贏得不少友誼。

我倒不覺得這是收買，或說「物質交際」，更像是將我滿溢的杯子，倒出一些，解他人之渴，也收獲我自己的快樂。助人為樂，好善樂施真的讓我快樂，幾乎是一種喜洋洋的快樂了。

小學二年級時，卻發生一件我永遠無法忘記的事。

升上小二時，鄰家蔡叔叔因為移民美國，將飼養的寵物狗送給我。本來我對小動物沒特別感覺，但是當那隻小巧的博美狗張著圓滾滾眼睛，看著我時，彷彿在研究：「這個新主人可靠嗎？」我一秒之內，立刻愛上牠。

也許因為我是獨生子，對情感的需求就是比較多吧。我抱著「豆干」，（蔡叔叔為牠取的名字），瞬時覺得我們上輩子一定是兄弟，因為牠動也不動，讓我緊緊摟著，然後，竟然開始舔著我的手，我癢得又笑又躲的。

此後，我們一起睡、一起出去散步，像是親密無比的熟悉老友。每當放學，豆干會守在門口，我一打開門，牠便撲上來。我可以成天說著「豆干我好愛你」，說上一千次都不厭倦。

豆干很聰明，我真的認為牠聽得懂我說的每句話、每個指令。寫功課時，我指揮牠：「乖乖陪我。」牠就安安靜靜趴在我腳邊。出門散步時，只要我喊一聲「豆干」，牠就停下腳步，抬起頭望著我。我便蹲下來，抱著牠的頭，再說一千次的「哥哥好愛你，好愛你喔。」

一個星期日下午，爸爸的上司帶著全家來玩——應該說是我爸爸邀請他的長官到「寒舍」喝下午茶，以便增進兩家情誼。我當然明白爸爸的用意，前一晚，媽媽已經對我耳提面命：「這位日本來的總經理，對爸爸的升遷有決定權。要有禮貌，懂嗎？」

爸爸不以為然的搖頭：「什麼年代了，我是靠實力，不必靠巴結。何況我們公司的日本長官，一向重視真才實學。」

既然如此，為何邀請長官來家裡？媽媽還訂了昂貴的蛋糕呢。反正大人的交際應酬，與我無關。到時如果覺得大人話題太無聊，我就帶著豆干躲在房間玩。

媽媽一面擦著明明已經擦三遍的地板，一面對爸爸保證：「放心，我們家兒子，鄰家大小人人都誇，大方有禮，不會輸給日本小孩，不會丟你臉的啦。」

我對爸爸笑了一笑。

我沒想到，隔日迎來的，是一場無法承受的災難。

爸爸的長官野上先生一家，果然是傳說中禮數多如牛毛的日本家庭，一進門，野上太太便不停的鞠躬，並且壓著小女兒一起低頭行禮。小女孩齊眉的劉海，圓呼呼臉，讓她像個可愛的娃娃，只是她板著臉、嘟著嘴，是個不快樂的女娃娃。

豆干躺在我腳邊，乖順的讓我摸著頭、撫著背。小女孩低下頭，但是從低垂的劉海下，仰著眼睛，直溜溜的盯著豆干。

野上先生會講中文，說：「我女兒剛到臺北，離開同學讓她很傷心，又想念京都的奶奶，更是難過。」他轉頭望著女兒，我能感覺那是一雙充滿父愛的眼神。「希望她能快點兒適應陌生環境。」

日本小女孩仍然低頭，但一雙眼也仍未離開豆干。

我媽媽展開國際外交，露出無比慈祥的笑：「櫻子，你喜歡小狗嗎？」

我媽連她的名字都打聽好了。

野上太太連忙點頭，還補充：「京都奶奶家有隻小柴犬，與櫻子形影不離；上個月離開日本時，為了那隻小狗，她足足哭了一個星期呢。」

野上先生摟了摟女兒，我則抱緊豆干。

媽媽繼續扮演慈善大使，看著我，指揮著：「兒子，你帶著豆干陪櫻子到庭院玩吧。」

野上太太翻譯給櫻子聽，她害羞的躲在媽媽身後，微微一笑。在我媽的鼓舞下，五歲的櫻子終於被我這個大哥哥牽著手，到我家小巧但整潔的院子玩。

一到院子，櫻子便蹲下來，十分小心的摸著豆干的頭。我真為豆干感到驕傲，牠不動如山，讓小女孩的胖手滑來溜去，一點都不會不耐煩。我也真為自己感到驕傲，我把豆干教得多好啊！

我說：「櫻子，你想餵牠吃東西嗎？」

雖然她聽不懂，但當我把豆干最愛的餅乾放進她手中時，她便明白了，雙頰興奮得漲紅，急切的拿到豆干嘴邊。豆干也餓鬼上身的吃著吞著，舔著櫻子的手。看得出來櫻子也愛上豆干了。

那之後，野上先生一家每個星期六都來我家。

我本來以為是野上先生與我爸爸有忙不完的工作要討論，連假日都不得閒。直到一個月之後，當野上一家告辭時，媽媽進我房間，說有事想跟我討論，我才知道：大人的世界不是我們小孩能懂的。

因為，媽媽竟然要我把豆干送給櫻子。

怎麼可能？媽媽不知道我跟豆干上輩子、這輩子，加上以後無數個輩子，我們都是最親密的兄弟嗎？我一秒內馬上發飆大叫：「免談！免談！」

第二天早上，媽媽倒是完全不提這件事。只是，晚餐過後，我們全家在客廳看電視時，電話響了。從媽媽與對方的言談中，我知道是野上太太。

「別客氣……我明白，這孩子太可憐了……，要不然，你買一隻給她……是是是，不一樣的，動物跟人也是看緣份的。」

再隔一天，電話又來了。

「真的嗎？太可憐了，你要好好勸她……不能不吃飯，小孩正在成長……氣喘發作，這怎麼得了……我懂我懂，你太辛苦了……都是孩子，我也不忍心……唉。」

媽媽不斷的唉唉唉，而且，她居然還學起日本人，拿著電話猛鞠躬。爸爸則眉頭皺得極深，額頭上皺出密密的紋路。

媽媽掛上電話，也沒再多說什麼，只是看了我與豆干一眼。

隔了一週，櫻子一家又來了。進門後，野上太太拼命鞠躬，道歉著：「真是給您添麻煩了，櫻子哭了一夜，一早便鬧著要來看豆干。」

我緊緊摟著豆干，櫻子跑過來，也緊緊摟著豆干。她還說：「嘎嘎，哇好想你跟豆嘎。」

她為了來看豆干，也彆彆扭扭的學了幾句中文。我糾正她的發音，說：「是哥哥，不是嘎嘎。」

她露出歪歪的虎牙，甜甜嗓音仍是：「嘎嘎，我喜歡嘎嘎，喜歡豆嘎。」

我們在院子裡教豆干打滾，餵牠吃餅乾，櫻子的雙眼像豆干身後的藍天白雲，亮晶晶好乾淨。

快要離開時，她跪在豆干面前，哭起來了。「豆嘎……我好愛你，豆嘎，我好愛你……」我忽然意識到，這是她最先學會、僅認得的幾句中文。

野上太太一面拉著不肯起來的櫻子，一面九十度的鞠躬：「真的很抱歉，真的很抱歉。櫻子一向很聽話，她可能是太想念京都奶奶了。」好像還不夠悽慘似的，野上太太又說：「這幾天，櫻子在日本學校也被欺負了，聽老師說，幼兒園幾個小霸王，見她是新同學，搶了她的點心……」

野上太太哭了。

媽媽也跟著哭了。

我摟著豆干的手，慢慢鬆開。

那天晚上，我的床上沒有豆干黏乎乎的舌頭舔著我，只有媽媽低下身來，摸摸我的臉說：「謝謝你，你今天的表現，連大人都比不上，不愧是我們家最大方的哥哥。我們星期天去領養一隻超級帥的狗；要不然，寵物店買也行；你想買哪個品種都行。」

我想著的卻只有那天下午，我將抱著豆干的手鬆開，把繩子交給櫻子，櫻子破涕為笑。現在想起來，我好像也有笑。

以前在書上看到「心痛如絞」這句成語，我還問媽媽那是什麼意思；現在，我毋須等到媽媽說的「長大你就懂」，我已經懂了。媽媽離開後，我用棉被擦掉眼淚，但它擦了又流、擦了又流，直到我在恍惚之間睡著。

再隔一個月，櫻子一家帶著豆干、不，牠現在是豆嘎，又來我們家玩。當我開門時，豆干並沒有像電影中演的「認出從前的主人、一把撲上來」，反而乖乖順順的跟在櫻子腳邊。我們到院子去時，豆干也只是這裡那裡嗅嗅聞聞，又跑到櫻子身邊撒嬌。

櫻子從口袋裡掏出餅乾，遞給我，要我餵豆干，我搖搖頭。

這是他們最後一次來我家，之後，我爸爸有沒有升官，我不知道，我也不關心。我當然想念與豆干在一起的日子，但是，那又如何。

豆干最後一次來我家之後，我收拾了小時候百玩不厭的幾樣玩具，拿到學校分送給同學，大家都哇哇哇的發亮著眼向我道謝。我很開心。雖然我不確定是真開心，還是我認為我應該開心。

那好像不重要，是吧？我是說，總不能只有我一個人開心，別人落淚。

我小學時當了四年的班長，中學七、八年級也都是班長。我喜歡幫同學解決問題，更喜歡請客時，聽見一句又一句的「大陳你最好了！我們跟你同班好幸運啊。這家的珍珠奶茶我一直想喝……」

我有時想，豆干會想我、像我一樣想牠嗎？但這句話說起來，真像一句無聊的繞口令，時間一久，我也忘了。我覺得如果再見到豆干，說不定我認不出牠來哩。我從來沒問媽媽，野上一家是否還在臺北？我也不想再養任何寵物。

我的小跟班小李，比豆干更好。至少，他絕不可能跟著什麼櫻子帽子襪子跑掉。我也不會虧待小李，不論吃什麼玩什麼，都有他的份。

中學生活比小學忙碌，要我操心的事更多。比如，班上的大善人張良穎，便需要我特別照顧。為什麼呢，就是因為他太善良。

一個人如果太善良，往往被逼得做出犧牲。我不能再對這種不公平的事坐視不管。我可是大陳，必須對眾人大方，無我無私。我連豆干都給出去了，還有什麼不能給？

其實我知道穎哥最需要我幫忙的是什麼，但我一直沒找到適當機會伸出援手。不過，透過警衛室的方伯伯，我竟然掌握到一個珍貴又可用的第一手資料。

方伯伯的大哥，在我家社區擔任管理員，有回他去找他哥哥時，正巧我也路過，向他打招呼。之後，每當我經過校門，總會進警衛室與他聊兩句，方伯伯有一肚子社區與學校八卦，我與小李都十分熱愛。

他有回神祕兮兮的從抽屜取出一個信封，指著上面的名字，低聲說：「薛小鳳，你們認識嗎？不是你們班的。」

我一聽，耳朵嗡嗡嗡的，心臟加速跳著；薛小鳳，那個隔壁班的女生，很美很美，是那種可以直接去演電影，或是拍照當雜誌封面的文靜美女。我七年級時第一眼看見她，呼吸都亂掉了。

小學時，我也曾經很喜歡班上的一位女生，還送她小狗圖案的鉛筆盒，然而，我真真確確知道，自己對薛小鳳的喜歡，是不一樣的。有什麼不一樣呢，我也沒辦法說明白，就是那種只要見到她，便覺得今天怎麼運氣那麼好，世間其他惹人厭的事，根本不算什麼，我看見小鳳低著頭笑了呢。

有回，我還看見她從書包裡拿出小錢包，圖案是一隻貓，我當下便也愛上貓。

但是，一直沒有機會認識她。不過，我不急，把「喜歡」偷偷放在心裡，用來慢慢想，慢慢猜，也是極大的幸福。

小李比我更八卦，高聲問：「誰寄信給她？為什麼不寄到她家，太奇怪了。」

方伯伯聲音更低了：「噓，可別說是我講的。這是她的爸爸給她的，大概每隔幾個月便有一封。我等一下就要交給她。」他還得意的說：「她爸爸人真好，一點都沒架子，還送我禮盒呢。」方伯伯像在拍偵探片般，左顧右瞧的，才揭曉：「薛小鳳的爸爸，就是那個電影大明星秦白，不過，薛小鳳是私生女。據說小鳳的媽媽完全不知道自己當了小三，懷孕生女之後，很有骨氣的與秦白斷絕往來，於是那個秦白偷偷寄信給女兒。」

這個祕密太有料了，怎麼沒有雜誌報導？

方伯伯聳聳肩：「好像有，但那是去年的新聞了。現代人，每天都有更勁辣的新聞，這種明星私生女新聞，不稀奇了吧。」

小李問：「那他寄信給女兒做什麼，為何不乾脆接她回家？」

「小孩子別多問啦，這是人家的隱私。」方伯伯一面向我們爆料，一面說這是隱私，真是矛盾。我決定將來若有任何重要機密，就算是情報局下令要我通知方伯伯，我也抵死不從。

我喜歡薛小鳳，這件事沒有人知道，我不想讓任何人知道；尤其是，我知道她喜歡的不是我，是我們班的穎哥。這件事曾讓我心痛了一下，但是，轉念一想，我從來沒對她告白過，她可能不知道世界上有個大陳，將她的影像加了最華美的框，擺在心底很重要的版面上。總有一天，會有機會的。此時，我得好好想想，該如何是好。

其實我也是無意中知道她對穎哥的仰慕之意。

有回請幾位同學吃芒果冰時，鄰桌坐的是薛小鳳班上同學，有個女生湊過來跟我們班的簡盈麗打招呼，因為他們之前是小學的死黨。那個女生聊著聊著，竟然說出一件驚人大事：「你們一定不相信，我們班的班花薛小鳳，偷偷喜歡你們班的張良穎喔。」

小李帶頭大叫：「穎哥？哇，大新聞。」

我太失望也太傷心了，但還是冷靜的問：「有證據？」

那位女生說：「我看見她買了巧克力，下課時包啊包的，還寫字，我偷瞄幾眼，絕對不會錯，是十六號五樓，就是張良穎家的地址。」

這位女生簡直是從偵查小組調派來的。

「嗯嗯，你確定她是送穎哥，難道她不是要送給張良穎的媽媽？」我深知這句話會被當笑話，還是提出疑問；因為，薛小鳳只有寫地址，又沒寫人名。

那位女生翻了翻白眼，沒好氣的說：「隔天就是情人節，你說呢。」

我說啊，不論真相為何，我對薛小鳳好感不變，想保護她的心情也不變。如果她喜歡上的人是穎哥，我成全。

我真沒想到，幾日後，考驗我的時機便降臨。

那日早晨經過校門，方伯伯神祕的對我說：「信又來了。」

我愣了一下，回過神來，才想起那是薛爸爸給女兒的神祕信。於是我心生一計：「我幫你交給薛小鳳。」

「不行！我可是收了秦先生禮盒的。」方伯伯忽然又正義凜然起來。

我說：「放心啦，我跟小鳳很熟。其實，你沒告訴我之前，我早就知道她的身世了，我算是她的祕密知己。」我不知道哪來的勇氣撒這樣的謊，更糟的是，方伯伯也居然相信，就從抽屜中取出信，交給我。

再次證明不管有多麼「情非得已」，都不能將重要之事交辦給方伯伯。

我的計畫其實很簡單，假裝那是一封我的告白信，拜託穎哥轉交給小鳳。既然他們住在同一棟大樓，想必有許多獨處機會。此行動用意有二：其一，穎哥是公認的大好人，請他做什麼，他從不拒絕；其二，製造穎哥與小鳳說話的必要性，我知道穎哥與小鳳個性都是害羞的。

我用心良苦，穎哥與小鳳都會感謝我吧。等到小鳳也知道我是好人，或許她會開始注意我，那時，總有機會換我可以做點什麼，博取她的好感。我認為穎哥與我，都有相等機會贏得少女心，這才公平。否則，有違我一向的慷慨。

感情這種事，該不該慷慨？哎呀，別多想了。

我當著全班的面，以輕鬆方式將信遞給穎哥，還故意說：「把這封告白情書交給潘盼。」潘盼是班上的開心果，開她玩笑準沒錯；她老是瘋瘋癲癲，一副爵士鼓王的派頭。

「不可被第三者看見，這是我們班的班密。」等我更正，說明其實是給薛小鳳的告白信之後，我還加強語氣提醒穎哥。

這樣說，才能確保穎哥在兩人獨處時行動，到時候，薛小鳳也才敢開口說出對穎哥的好感吧。

我真的是好人耶。明明是自己喜歡的女孩，竟然還千方百計的設計行動方案，讓情人與情敵單獨相處，互訴愛意。我是不是不太正常？

放學路上，我與小李邊走邊開玩笑。我的心浮起一點點難過，一點點當年豆干離開我時的痛。然而，這些感覺，我想，一下子就會過去的。

勇敢
不
潘

陸、潘盼

我是潘盼，被逼著要勇敢。誰逼我？當然是全世界——不，是我自己。我是個勇敢的好孩子，不可讓家族蒙羞。每當聽到有誰被讚美著好勇敢啊，我都寄以深深理解的同情。

有時，勇敢是一種美德；有時，勇敢就只是必須戴上的面具，因為人生的角色，你被分配到的就是這種，然後還被導演鼓勵著說：掌聲比較多。

你們說，看著悲劇電影或小說，是跟著鼻酸落淚比較難，還是忍著不落淚比較難？

據爸爸說，我是愛哭鬼投胎的，從出生那一刻起，對我的整體描述就是「這個女娃兒每日照三餐哭，加上早午餐、下午茶與宵夜。」

為什麼以餐點來敘述，因為我很愛吃，應該說我們全家都是愛吃鬼投胎。我家最密集的家庭旅遊活動，便是「到某地吃某種美食」。可想而知，從爸爸媽媽到我弟我妹，一家五口，無可避免的全是胖子。

因為我是胖子，一個又胖又高的壯女娃，遇見什麼事便哭到眼眶紅腫，引發我爸的不滿了。我記得的人生中第一句挨罵，就是我爸大吼：「看卡通有什麼好哭的？看看我們布農族的祖先，當年多剽悍勇敢！」

我爸是純布農族血統，我媽有一半布農族血統，他們是中學同學，長大後在臺北工作時再度相遇相戀，婚後生了三個孩子。每當電視上有布農族歌手演唱時，爸爸就用力鼓掌：「歌聲多響亮、多高亢，多有情感啊！」然後，回頭看我一眼：「你要記住，身為勇士後代，不可讓祖先蒙羞，要勇敢堅強。不要動不動就哭。」

我弟很皮，敢頂嘴：「爸，你以前有出草獵過人頭嗎？還是獵過幾隻鼠頭？」

我隱約覺得爸爸對弟弟這個男孩有點偏心，爸爸永遠對弟弟的瘋言瘋語不在意，還會呵呵笑著回答：「鼠頭不能用隻來做單位啦。」

偏偏我愛看小說與電影，而且愈可憐的愈愛，愈能讓我哭得稀哩嘩啦的更好。就算被爸爸看見，不斷搖頭嘆息，我也不管，隨著書裡的悲情，眼淚簌簌流不完。有次我還跟媽媽說：「書裡寫著眼淚就像斷了線的珍珠，真的很貼切耶。」

我最愛媽媽了，她什麼都明白，我可以跟她撒嬌說傻話，她都點頭笑著。我認為如果電視臺要找人演慈母，我一定推薦她，只不過，必須是胖慈母角色。媽媽有點過胖，走起路來常常喘啊喘的，我爸便說：「叫你少吃點就是不聽。」

其實我想媽媽不是貪吃鬼，她怕我們吃不飽，總是煮出大份量的飯菜，如果沒吃完，她便努力將所有剩菜吞下，可能怕浪費。因為我爸不吃隔夜菜，說報紙寫隔夜菜再加熱有毒，對身體不好。

七年級時，有一次我偷偷問班上最懂科學的楊培俊，隔夜菜再加熱，真的有毒嗎？他答應幫我找資料，並會親自做實驗，再將結果跟我說。我想了想，搖頭說：「不用了。」反正我爸的話在家裡是聖旨，如果他說有毒，就是有毒。所以其實我問楊培俊這件事時，有沒有毒對我來說，也不重要。

再回頭說說小學的事。四年級時，有回全家回南投老家，爸爸為了讓我們三個孩子體驗山林中的野趣生活，特地安排兩天一夜露營。弟弟一聽便大叫：「那裡有網路嗎？我正在玩的一款遊戲，快要破關了。」

爸爸難得的送給弟弟一個大白眼：「露營就是要回歸原始生活，上什麼網？不准帶任何電動玩具。」

那一夜，我們在星空下唱歌聊天，其實滿開心的，滿天的星星，是我從未見到的不可思議美景。連弟弟也暫時閉嘴，不再吵鬧，反而低聲的說：「原來天上有這麼多星星。」

「是啊，平時在都市，光害太強，能看到的星星不多。」爸爸不忘又強調：「不要忘記我們血液中的原住民精神，要崇敬大自然，多接近原始大地，也要像祖先一樣勇敢無懼。」

弟弟忍不住，又抓爸爸的語病：「爸你那天看恐怖片時，有嚇得大叫耶。」

大家都笑出來，連爸爸也嘿嘿嘿自嘲：「所以才叫恐怖片，演得很成功。」

半夜時分我醒過來，覺得尿急，推推媽媽，想請她陪我到不遠處的營地公廁，可是不論我怎麼推，媽媽就是睡得沉，還打呼。

我轉而試試弟弟、妹妹，兩人一樣睡死。我愈來愈憋不住了，只好鼓起勇氣，推爸爸。我爸的鼾聲如雷，我如何死命推，他根本不動如巨石。

我只好硬著頭皮走出帳篷外。

沒有光害的露營地，此刻就是恐怖片現場，我實在害怕極了。

樹林後有沒有穿白衣的女鬼，吊在某棵樹上？或是走幾步，身後有個紅衣小女孩？我想著想著，全身止不住的顫抖著，慢慢往廁所走去。

一片黝黑中，公廁微弱的燈，其實看起來也很嚇人。會不會，打開廁所門，出現一顆頭顱？唉，都怪爸爸，老愛帶全家去看恐怖電影，還說是為了訓練我們的膽量。我就是天生膽小啊。

我的肚子快爆炸啦，快步走向廁所吧；卻在此時，聽見身後有沙沙沙一點點音響，哇啊，那是什麼？我的雞皮疙瘩爬滿身。要繼續往前，還是轉身查看？來露什麼營嘛？我在極端驚嚇中，哭出來啦。

「死丫頭，又哭！」

原來是爸爸，他終究被我推醒，發現自己啤酒喝太多，也需要上廁所，於是跟在我後頭一起來。

「你不會叫我一聲嗎？」我氣得忘了自己正要跑向公廁，大聲提出抗議。「我魂都快飛出來了，你不知道嗎？」

爸爸也氣了，往我頭上一拍：「快去上廁所啦。祖先的魂已經被你嚇得飛上天了，叫什麼叫？」

上完廁所，我坐在帳篷外大哭，不肯進去睡。那一刻，小時候的種種傷心事，諸如被爸爸罵不敢一個人上街買奶粉是膽小鬼，不敢關燈睡覺真沒用，看故事書淚流滿面真丟臉……，這些點滴，一步步將我與爸爸的距離愈拉愈遠。我恨爸爸，他就是書裡寫的那種「大男人主義」。

爸爸見我哭個不停，索性也陪我坐下來。

不過，這次他沒有開口罵我。停了一會兒，他小聲的說：「我對你的期望很高，因為你是老大，得成為弟妹的榜樣。」

我聽了更氣了。所以，身為老大，就倒楣的必須成為模範生，照著大人的雕塑，成為自己根本不想要的形象嗎？

爸爸又說：「你知道嗎？其實媽媽的健康情形不太好。她有糖尿病……」他大概又想到說這些，我應該聽不懂，而且我開始打呵欠，睡意又來了。最後，他叫我快去睡，以免明天精神不濟，沒力氣爬山。

他自己倒還留在帳篷外，也不知道坐了多久；只有滿天星斗知道。

像這樣的事件，一次又一次的發生，不管什麼狀況，爸爸的結論都是：「要堅強一點。」考試挨打，是老師為你好；被同學嘲笑是肥婆，是考驗，自己要勇敢承擔，誰叫你吃那麼多糖……

但是我明明不想勇敢也不要堅強啊。

升上五年級時，媽媽病倒了。

整整半年，爸爸必須在醫院與他工作的賣場之間奔波，家族間沒人可以幫忙。幸虧爸爸擔任賣場的小主管，工作可請他人分擔，臨時請假，員工也都體諒。那段時間，爸爸忙得焦頭爛額，我不得不接手媽媽的任務，家裡所有家務，我一手包辦。

我弟與我妹似乎也在那段時間，一下子長大，家務自動分工，弟弟清垃圾，妹妹收衣服、摺疊。我笨手笨腳練習做晚餐，早午餐可以在外解決，晚餐不但要自理，還得想辦法幫爸爸也準備隔天的便當。

幸好所有的食譜，都可在網路找到。我盡量找那些食材便宜、做法又簡單的料理。

對我來說，最困難的一步，就是週末時上菜市場採買一週的食材了。真後悔以前沒有陪媽媽來，我不懂買肉時，要指定哪個部位？蔬菜類，哪種好保存？醬油該買哪個牌子？其中，最可怕的是，如果錢不夠多，可以跟小販討價還價嗎？

如何開口說：「我沒帶那麼多錢，可以算我便宜一點？」

我又想哭了。

爸爸給我買菜的錢愈來愈少，但他每次匆匆回家，還是硬擠出笑，向我們報告好消息：「媽媽昨天精神不錯喔。」

每晚做完功課，我們三人無精打采圍在電視前，弟弟知道他沒錢可以買遊戲點數，也沒抱怨，我覺得有點想哭，想抱著弟弟說：「你好懂事，好勇敢。」

是啊，不論做得到做不到，不論我們生來就有布農族的勇敢氣魄，還是愧對祖先威悍之名，眼前，我們要像爸爸一向勉勵的，必定要堅強、必定要勇氣百倍的面對磨練。要不然，一百元能買到一星期份量的菜嗎？

當我終於開口，對那位看起來人不錯的阿姨請求：「我可以買一顆高麗菜，你送我兩根蔥跟一塊薑嗎？」那一刻，我彷彿看見天上祖靈微笑點頭。

那位阿姨果然心地很善良，不但給我蔥薑，還多送我一把青江菜。此後，我每週日都向她買菜，她也一直好心的送我些葉菜。有回她還叫住我，塞給我一袋番薯，問我「你是哪一族？」

她說她是阿美族，不過從外表看不出來，不像我，五官深，眼睛大，看得出來是原住民美女。我不好意思笑了：「我很胖，哪能叫做美女。阿姨你很瘦，比較美。」

賣菜阿姨嘆口氣：「我是勞碌命的瘦，不是模特兒美麗身材的瘦。」說完，又遞給我一袋小番茄，說是她家裡種的。

她很忙，我也沒辦法跟她多聊。我好喜歡她，真想能有什麼東西回贈給她。不過，當然不可能，套句弟弟說的：「我們家現在經濟拮据。」

因為媽媽的病，我們三個人好像變得更團結，上學走在一起時，我總張大雙眼，深怕有人會欺負弟弟與妹妹。我弟弟說話常不經大腦，得罪過不少同學。爸總告誡他，嘴是用來吃美食說好話，不是用來毒舌毒語的。弟弟卻做個鬼臉，回爸爸：「開玩笑而已啦。」前陣子，他班上有位家長，打電話來告狀，說弟弟取笑他兒子戴眼鏡，是眼鏡蛇。

爸爸在電話中不斷道歉，弟弟卻悄聲對我說：「眼鏡蛇是誇讚耶，攻擊力超強。」爸爸放下電話，狠狠教訓弟弟一整晚，重點只有一句：「不要羞辱祖先。莫造口業，傷害別人感受。」見我弟弟低頭不語，爸爸提高音量，乾脆對我們三人開講：「你看，當我罵你們時，你們心裡一定不好過吧。將心比心，別人也不想挨你的罵，或任何冷言冷語。」

有時我覺得爸爸還是能說出不少金玉良言，不過媽媽說，那是因為爸爸的爸爸，從小就這樣叨叨念念，算是祖傳家訓。

在媽媽未出院前，一切都得靠我們自理，我必須成為那個會對弟弟說金玉良言的人，免得他在外闖禍。前幾日他說，上學途中，有同學從背後踢他一腳，也不知道因何緣故。所以，我開始像個路隊長般，規定上下學我們三人一起走。

我從害羞膽小的人，慢慢變成不得不勇敢、帶領弟弟妹妹闖蕩世界的人。

這也沒什麼不好，我本來就該是這樣的人，我可是布農族女兒。媽媽在醫院，一定也希望我代替她撐起我們的家。

小學畢業那一天，爸爸當然沒辦法來參加我的畢業典禮。最讓我永生難忘的，是媽媽就在那一天過世。爸爸沒有立刻通知我，他後來說，媽媽已有交待，讓我領完畢業證書，不可中斷這個神聖的儀式。媽媽只讀到中學，她以前就常說，會將我們三個孩子從小到大的畢業證書，用漂亮的花邊相框，框好掛在客廳，她便能一回家就看到，覺得一切的辛勞都值得。

弟弟從前還會故意調侃媽媽：「我有遊戲破關的證書，要不要列印一張，送你掛起來？」媽媽沒斥罵弟弟，只笑著說：「你們還小，這種人生的領悟，得等你長大才會明白。」

媽媽的告別式很簡單，來的親戚不多，大部分我並不認識。每個人對我說的話幾乎都一樣：「從現在起，你要當小媽媽，照顧小弟小妹，要堅強勇敢，懂嗎？」我只能不斷點頭。

爸爸多接了份夜間警衛工作，我們的生活，從五個人變成四個人；從常常出門吃與喝，變成時常宅在家看電視。

我跟賣菜阿姨成為好朋友，有一次我問爸爸：「可以邀那個阿姨來我們家坐坐嗎？她下午就收攤了。」

爸爸瞪著我：「不要找麻煩。還有，以後不可以平白無故收人家東西。做人要有骨氣。」原來是弟弟偷偷打小報告，說我常貪心的向那位阿姨伸手要東西。

我很生氣反駁：「別把我說得像乞丐。我可是鼓起無比勇氣，才學會在菜市場討價還價，而且那個阿姨對每個人都很好，又長得漂亮。」

顯然最後這一點，並不列入爸爸的「漂亮等於好人」條目。爸爸心中，永遠的世界第一美女，是媽媽——我從他每天都直盯著媽媽的遺照就知道。

有一晚，我正在洗碗時，不小心打破盤子，手被割傷；爸爸為我止血擦藥時，見我咬著嘴唇，閉上眼，忍住不叫出痛來，嘆口氣說：「盼盼，你不必忍，不必假裝勇敢。」

我睜開眼，實在感到困惑。爸爸難道忘了，從前，他口中的家訓是：「要勇敢、堅強，沒有什麼好怕的。」

爸爸小心的以棉花棒點著藥，說：「我也不知道該怎麼說。反正，爸爸不想看到你過於忍耐，你畢竟還小，要你做出那麼多犧牲，我也不忍。」

弟弟湊過來，一面「欣賞」我的傷口，一面又管不住自己的嘴了：「姐哪有犧牲？我被她管得很嚴，我的犧牲才大。」

爸爸也在困惑著吧。生活路上就是充滿意料之外的石塊，等著將我們絆倒，跌個頭破血流，還想不透這些石塊是哪裡來的？

準備上七年級的暑假中，電視上有個素人歌唱比賽，我們全家都準時收看，且熱烈討論。因為晉級前十名的選手中，有五個人都有原住民血統。爸爸邊看邊評語：「山裡來的孩子，聲音就是嘹亮，我們是天生的歌手啊。」

弟弟鼓動爸爸：「你去報名好了，如果得獎錄唱片，可以賺好多錢。」

爸爸笑到猛拍桌子：「那你去啊，賺點錢來孝敬我。」

然後，這兩個瘋子一起轉頭對我說：「姐姐你去啊，你不是加入學校的合唱團，歌聲應該不錯。」

我沒好氣的說：「不如你們父子倆組團去參加傻瓜歌唱比賽。」

我自小歌喉不怎麼樣，勉強被老師選為合唱團中音部，湊人數。

爸爸不死心，還說：「你媽媽一定希望你成為超級巨星，你看，連幫你取的名字都讓人一聽難忘：潘盼。不說，人家還以為是算命師精算過的藝名哩。」

我媽取的這個名字，的確不管在哪個新班級，都是同學第一個記住的。不過，我曾經問過媽媽，取此名的緣由，她卻輕描淡寫：「好記好聽，有節奏感，像鼓聲啊。」

想起這件事，我忽然掉下淚來。

我走進房間，躺在床上，將媽媽的照片抱在懷裡。媽媽，你在天上好嗎？天上有美食街嗎？我的名字是鼓聲嗎？你希望我將來是個鼓手嗎？

隔天，我上網搜尋最厲害的鼓手是誰，結果讓我學到一個新名詞：「爵士鼓」。我問爸爸那是什麼？爸爸也不清楚，不過他說，年輕時有回跟朋友到咖啡廳，欣賞現場演唱，其中一個樂團最受歡迎，當時的朋友指著臺上的樂團，一一向他介紹，那是電吉他，那是貝斯，打鼓的是臺灣著名的爵士鼓手。

「就是隨興自由的打鼓吧。總之應該就是很厲害，神級的大人物，才叫爵士鼓手。」爸爸的結論便是，爵士鼓手應該也是賺很多。

我於是立志將來要成為爵士鼓手。我先向教會中一位弟兄請教，聽說他是大學音樂系的學生，他聽見我的志向，眼睛張大，興奮的說：「太酷了！女生玩爵士鼓。我帶你去學，我有個好友是箇中高手呢。」

爸爸當然不准。一來怕遇見壞人，二來交不出學費，爵士鼓聽起來就很昂貴的樣子。但是因為大哥哥一再保證那位友人是位虔誠教友，而且爸爸可以跟著一起來，不必交學費，那個教友會義務傳授我基礎打鼓技藝。

感謝主，這必定是天上媽媽的神力，協助我達成心願，因為，這一定也是她的心願。

爸爸有一天，看見我拿著借來的鼓槌，看著樂譜，在桌上敲敲打打，滿臉是笑的說：「真沒想到，那個小時候上廁所嚇得臉發白的小女孩，現在是個強壯有力的鼓手！」

我沒好氣的說：「一定要使用強而有力這種形容詞嗎？我雖胖，但胖得有尊嚴喔，不可以傷害我們布農族的自尊心。」

弟弟接話：「姐是為了打鼓時可以強而有力，才長得強而有力啊。」

我們家好像又一點點恢復從前那種百無禁忌、互相開玩笑的時光了。爸爸說得好：「人生就是兩個字：勇敢。沒有過不去的關卡啦，牙一咬，什麼苦都能熬過。」爸爸的家訓總不時會出現一下。

上中學後，我們這一班的同學都挺有趣的，不但有大好人穎哥，請他幫忙什麼都點頭；還有從外地轉來的科學奇才英俊俊，以及江湖上人人稱好的大陳，不是請喝奶茶，就是請吃炸雞，一聽我說將來要當爵士鼓手，還從家裡帶了一片CD送我，可惜那是日本的太鼓表演，跟爵士鼓天差地遠。

但讓我最好奇的，是近來的小小風暴，其實，也不能說是風暴啦。總之我看到大陳拿了封告白信，要穎哥交給隔壁班的薛小鳳。薛小鳳是全校皆知的美女，我與她不熟，但有回放學走在一起時，我問她是否有原住民血統？

她低著頭，淺淺笑出兩個小酒窩：「應該沒有吧。我媽媽是中法混血，我爸是……」

她停了一會兒，搖頭又說：「我確定我家沒有原住民血統。我不像你，眼睛又大又圓，一看便知是原住民美少女。」

雖然我覺得她講這段話有些昧著良心，再怎麼說，我都不能躋身美女之列；不過，她這些話聽起來就是舒服，照單全收就是。

我拍拍她的肩：「今天起，你就是我的好姐妹。萬一有人欺負你，來找我。

我一定替你出草。」她聽了，更是眉眼笑開，說：「謝謝。我沒有仇家，不必為我出草征戰啦。」

真是美人啊。人美，說話柔，心更美，從她講話對人的尊重，便知道教養極好，一定是出身高貴好家庭。媽媽是混血美女，爸爸絕對是什麼高級公司董事長吧。一想到此，我又一些些的難過起來，我的媽媽如果瘦下來，其實也非常美，我老覺得她的五官也像混血兒。以前有位親戚還說：「你媽媽年輕時，差點兒去當電影明星呢。」

差的是哪一點呢？已經無法問媽媽了。媽媽希望我成為鼓手，我就朝此目標前進。教我打鼓的師父，給我的暗示其實我懂，我並不是這塊料，我深知我這輩子不可能成為什麼鼓王鼓后。師父說的是：「潘盼，你把它當興趣就好，打鼓這條路不好走啦。」其實就是以另一種方式告訴我，不該選擇當鼓手，天分不夠。

可是，如果沒有我假設的「這是媽媽的期望」，我又該如何堅強下去？我總得藉著做一件事，讓我能愈來愈勇敢，從假裝的變成真的。打鼓就是個好儀式，使力將全身能量擊打在鼓面上，聽著那既凌亂又隱約自有規律的節奏中，我成了無比自由強大的布農飛鳥，飛過暗黑叢林，沒什麼好畏懼。

媽媽，你知道我已經是個勇敢堅強的布農女孩吧；我會努力在人生路上，打出力道十足的節奏；我會成為好人，人人誇獎。

1. 人名：
2. 生日：
3. 星座：
4. 喜歡：
1. 人名：
2. 生日：
3. 星座：
4. 喜歡：
討厭：

柒、小鳳

我是薛小鳳，話一向不多，因為我將全部精神，都用來思索如何對人面面俱到。周到與體貼，是我的座右銘：不可以得罪人、別讓他人受傷害。當然，我知道所有的這一切，只因為我不想受傷害。

我曾在一本小說上讀到這樣的句子：「午夜夢迴，想想有沒有對不起誰？」老實說，我第一個念頭是：午夜時分，該擔心的是沒睡飽，明日醒來面容憔悴那可不好，怎麼會是大聖人般的懺悔對不起誰？這太奇怪、也太矯情了。

然而下一秒，我的腦子裡轉的卻又是：「剛才在 IG 上好像忘了幫誰誰誰點讚了，等等要記得補上。還有，班上 Line 群組有人分享一則趣味影片，我好像也忘了回應一張謝謝的圖。」

唉。我不知道發過幾億萬遍誓：別再想討好全宇宙的人；然而，我的基因裡，彷彿已寫進這道指令：我為人人、不負眾人。

就說住我家樓上的張良穎吧，我記得幼兒園時還手牽手一起上學。小學後，因為不同班，便沒說過話了。但是，只要在電梯偶遇，我便在腦子裡萬般辛苦想著：「該說點什麼呢？讚美他家陽臺的花開得真美？誇他髮型挺好看？要問候張媽媽張爸爸……」然而，每回都找不到絕佳答案，自己家的樓層便到了。我永遠都是快步走出，離開尷尬現場。

我猜，他回到家，一定會跟張媽媽打報告，說我多麼沒禮貌、冷漠、孤僻

吧。我連連嘆氣，也擔心會不會影響張媽媽對我家的觀感。有幾次，我看見張媽媽在樓下與大樓的管理員有說有笑，看起來她跟大家關係很好。她可能會悄聲對管理員伯伯說：「那個三樓的小鳳啊，驕傲。」

不妙。也許我下次應該買盒巧克力送管理員伯伯與張媽媽才好。當然，再見到張媽媽，笑臉如花的向她問安也不可忘。

偏偏我又膽小如鼠，這些該做的事往往一件也做不好。真煩哪，午夜夢迴時，我想的全是這些事。

第二天上課，數學老師滿臉虔誠的解說著課本上的例題，我的腦子裡全是等會兒下課時間，得記住要打開書包，拿出昨天買的爵士鼓CD，去找隔壁班的潘盼，送給她，因為她前一天才與我聊過天，看起來是個心眼好的女生，我該好好結交像這樣的朋友。為了提醒自己記住，我將流程訂得極其清楚：打開書包、拿出CD，走到隔壁。為什麼要這樣鉅細靡遺？怕忘記啊，下課時間，我的待辦事項一共有三件，不過這件事最重要。

媽媽每天比我還早出門，她必須搭乘捷運，距離家裡三站遠，才到辦公室。不過她不喜歡上下班時間擠在人堆中，說增加被傳染病毒機會，所以總是早出晚歸。其實她搭捷運都有戴著口罩的，媽媽有點潔癖。

從懂事起，我就知道媽媽是個大美女，外公是法國人，外婆是臺灣人，中法混血的媽媽，本來是位模特兒，後來被外公命令讀完研究所，考上會計師，在一家大型的會計師事務所上班。告別光采亮麗的模特兒生活，會後悔嗎？我問。

「才不會。模特兒能當多久？還是會計師收入穩定。」不過，我當然清楚知道，媽媽這句回答，還少了關鍵的一句話：「而且，我懷孕了。」

我是長大後，一點一滴，逐步彙整出我的「身世」。媽媽當模特兒期間，與當時一位男明星相戀，懷孕之後，才驚覺對方早有家庭。只因明星有偶像壓力，因此那位我從未親眼面見的爸爸，也不對外公布自己的婚姻，但其實早有妻子與一兒一女。

我心想，這應該也算一種詐騙吧。媽媽卻淡淡的說：「感情沒有什麼騙不騙的，只有願不願。」媽媽你在演連續劇唸臺詞嗎？我氣得幾天都不想理媽媽。

媽媽堅持生下我，也把外公給氣壞了。氣歸氣，外公還是乖乖把這個獨生嬌嬌女，迎回家中照顧。我出生後，由他們帶，媽媽則被外公半逼著重回校園。

媽媽順利找到工作後，我也該上小學了，在外公親自勘查下，為我們母女買下一棟大樓的三樓，附近有捷運站，離媽媽的辦公室不算太遠，重點是外公打聽過，這學區的小學與中學，風評不錯。

外公是大學教授，外婆是已退休的公務員，對我雖算疼愛，但又採取他們口中的「這都是為你好」嚴格教養方式；我猜，是媽媽的「不幸」遭遇把他們嚇壞，他們絕對想不到，美如天仙、學歷又高的女兒，居然淪為小三。

我知道「小三」的方式，也很戲劇化。

本來，每當我問外婆我爸在哪裡時，外婆都說：「在國外。」外公則板著臉，一副不想參與這個話題的樣子。媽媽更是一句都不說，還揮揮手要我走開：「我要準備論文口試，別害我分心。」

結果，像電視劇演的一樣，我是某個深夜起床想喝水時，在樓梯間偷偷聽見外公與外婆正在商量此事。

「幾時才跟她說？」

「再看一下情形吧，找個適當時機。」

「她都要上幼兒園了，到時也得讓學校老師知道。」

「你就這麼急著讓全世界知道，我家女兒未婚生子，還是個小三嗎？」外公顯然氣得忘了要壓低音量。

我躡手躡腳走回房間，想著明天必須問媽媽「未婚生子、小三」這兩個重要的新語詞。外公講中文的腔調跟外婆不大相同，外人未必聽懂，但是我沒問題。外公規定我法文、中文一起學，他一直說，等我再大些，就帶我回法國。然後外婆就會跟他吵架，說她比較想住在這裡，這裡的健康保險比較優惠。

所以我總有點迷惘，覺得眼前一直是兩條分岔路，不知道什麼時候該選哪一條？而那條路，會帶我到哪裡？

跟所有小孩一樣，我當然希望有爸爸。看起來幼兒園裡每個人都有爸爸，只

有我在親子日時是外公與外婆加上媽媽三個人來。

我並不知道幼兒園期間，外公是如何解釋我的缺席爸爸的。只知道，外婆常常帶著她精心烤好的蛋糕，到幼兒園來當我們的下午茶點心，連老師都說比五星級的飯店賣的還美味。外婆還會到幼兒園講故事，小朋友喊她「故事奶奶」，與高采烈圍在她身邊，嘰嘰喳喳的搶著跟她說話，有時，連我都擠不進去呢。

每當這樣的時刻，外婆就會對我招招手，說：「回家再說給你聽。」我便點點頭，大方的把「故事奶奶」讓給其他孩子。

一直到我上小學，整個低年級時，外公外婆都還是採取這樣的模式。直到二年級有一晚，媽媽開口對外公說：「爸爸，我很感謝你們的照顧。但是明天起，別再干涉我們母女了，請讓我們獨立。」

外公眼睛瞪得好大，滿臉不悅：「怎麼了？我們疼小鳳，有何不對。」

「你們一味的想討好小鳳的同學與老師，有用嗎？能取悅到幾時？」媽媽也是一臉的寒霜。

取悅？我決定明天再問媽媽是什麼意思，如果她心情不錯的話。更早前，她一點都不理我問她「小三與未婚生子是指什麼？」是我自己找到答案的。

其實應該是說外公有一天自己揭曉的，可能那一天就是外公認定的「適當時機」。

那一日，外公幫我綁辮子，然後說：「小鳳的髮色有點像外公的，帶著一點點褐色。」見我對著鏡子微笑，他又說：「小鳳，你愛外公外婆嗎？」

我當然連連點頭。

「其實我們現在這樣很好，對不對？」外公的意思，是我跟媽媽住在一起，偶而回外公家吃飯聊天，享用外婆五星級甜點。當然好得不得了，外婆做的馬卡龍和百貨公司賣的，好吃一萬倍。

「所以，沒有爸爸也沒關係吧，小鳳你說對不對？」

我沒點頭。

外公繼續說：「你的爸爸長得非常帥，可惜道德操守不像外表那樣帥。他騙了你媽媽，所以，我們不要這樣的壞爸爸。」

我腦子裡一片空白，不知道該接什麼話？

外婆在一旁補充說明：「別理外公。你的爸爸不是壞人，他跟你媽媽一樣，都是真心喜愛你的。只是，他更早以前先認識別的女生，也生了孩子。所以，依據法令規定，不能跟你媽媽結婚。」

外婆果然是公務員，搬出法令，讓我瞬間明白「我是非法」的。

「不不不——你在法律上，永遠是你爸爸的女兒。他與他的太太倒是明理人，已經認領了你，依現行法律，你與你的哥哥與姊姊具有相同地位。」外婆說明得雖清楚，但是她也說：「當然，我們才不讓你到那個家去住，你是我們的掌中寶貝，我們需要你。」

外公摸摸我的頭，與外婆站在同一陣線：「對對對，小鳳啊，你比較想跟我們在一起，不想去那個陌生的家吧。他們家，可沒有好吃的法式薄餅喔。」

原來，媽媽「未婚生子」，是沒有法律權利的第三者，簡稱小三。但是小三的孩子，如果經由生父認領，可以與婚生子女一樣，有個法律上認可的爸爸。

外婆並且舉例：「如果將來你爸爸死了，你一樣有遺產繼承的權利。」但是外公說這個例子不好，沒事別詛咒人，況且我們家才不屑那一家的什麼遺產。

看得出來，外公很氣爸爸與「那個家」。

我想見到爸爸，以及法律上的哥哥姐姐嗎？有點想，卻又不想。不過，我最想知道的，是爸爸也想見我嗎？

當我鼓起勇氣問媽媽這件事時，她皺起眉頭，想了很久，最後才說：「總有機會，好嗎？」然後，很明顯是安慰我的語氣：「你爸爸當然想見你。我有將你的照片給他，他很高興呢。」

這件事於是到此告一段落，此後，他們完全不想再提，我也識趣的不再追問。我一直耐心等著媽媽說的「總有機會」。誰不想見到自己的爸爸呢？

機會來的時候，卻是不怎麼愉快的。

小學三年級時，某日我收到大樓管理員伯伯給我一張通知單。原來中秋節晚上，社區準備借用樓下廣場，舉辦烤肉聯誼會，邀請大樓所有家庭共襄盛舉。我將通知單給媽媽看時，媽媽聳聳肩說：「烤肉是一級致癌物耶。你會想參加嗎？」

這種問句，不就是「否定句」？

我只好也跟著皺眉說：「當然不想。」

其實，我覺得烤肉很香。

但是，我也明白，到時候我們母女兩人，穿梭在一群家庭和樂的鄰居中，應該不太自在吧。想到這裡，我懂了。我把通知單揉成一團，丟進垃圾桶。

到了中秋節當晚，媽媽問我想去外公家嗎，可以請外婆來接我，因為媽媽正趕著一件工作，無法走開。我搖頭拒絕，我知道，外婆家是沒有烤肉的，外公也是「烤肉不衛生」的忠實擁戴者。

夜晚來臨，我從窗口往下望，廣場好熱鬧。人群一圈圈的，各自在簡易的爐火邊嘻笑著，小孩子人手一串肉，追逐著玩。我專注看著，不想走開。

「果然很香。」媽媽也走過來，摟著我的肩膀。

「媽媽，你小時候有跟全家人一起在中秋節賞月嗎？」

這話題引起媽媽的回憶，她笑起來了：「有啊，每次中秋節，你外公便帶我們到山上，說山上的月亮更圓。我們一面打蚊子一面吃月餅，還有柚子。我們把柚子皮割一割，戴在我家的小狗上，哈哈，好可愛呢。」

媽媽說得興起，我卻愈聽愈難過。媽媽好像察覺到她說的，是我永遠也無法享受的天倫之樂，也閉上嘴了。

停了一會兒，她走出房間，然後拿著一疊電影雜誌走進來。

「這就是你爸爸喔。你看，是不是真的好帥？你的眼睛特別像他。」

一整疊雜誌，封面全是同一人，我從未見過的爸爸。

我不想評論他是不是很帥，只問媽媽：「後來，你有再見過他嗎？」

「有啊，見過幾次。對了，你出生時，他有到醫院看你。」媽媽說完，將我抱在懷裡，低聲說：「媽媽很對不起你，讓你沒有爸爸。」

媽媽的淚滴在我的手臂上，涼涼的。眼淚是熱的還是涼的？

忽然，傳來敲門聲。

媽媽擦擦眼睛，我們一起走進客廳，原來是五樓張良穎家的媽媽。

張媽媽捧著一個盤子，放著兩片三明治與一些烤蔬菜，說是給我們吃的。她又問：「要不要讓小鳳陪我們家小良玩玩？」

出乎我意料的，下一秒，媽媽忽然說：「哎呀，我們正準備下樓呢，今天下班晚了一點，不過，烤肉材料我都準備好了。」

像變魔術般，媽媽從冰箱裡拿出一包包以鋁箔紙包裹的食材，拉著我，跟著張媽媽一起進入電梯。

我們加入張家的「火爐」，張良穎對我笑了笑，讓出位置，說：「我吃飽了。」我想都沒想，也開口說：「其實我不餓，才吃過晚餐。」

張媽媽便熱心的指揮：「小良，你帶小鳳到我們家玩，給她看看你新買的玩具。」張良穎一副尷尬樣，悄聲說：「男生的玩具，女生不會有興趣啦。」

「沒關係，就給小鳳看看嘛。」張媽媽還不死心。

媽媽為我解危，提出建議：「小鳳，妳帶小良去我們家好了，外公送你的樂高城堡，你還沒組裝完，讓小良一起幫忙。」

於是，我便領著滿臉通紅的張良穎往我家走。

那一晚，媽媽想必十分盡責的當起好鄰居來，她簡直像當年的外公與外婆，扮演著好人，做著讓群眾滿意的好事。就像外婆烘焙無數法式小餅乾，堵住幼兒園老師與同學的嘴，他們便不再對著我問東問西，只關心：「你外婆手藝真好，小餅乾好好吃，她幾時再來？」

我是否也該對張良穎扮演起這樣的角色，堵住他的嘴，莫讓他有機會，在學校對我家說三道四？

我拿出樂高，倒在地板上，說：「你之前組裝過樂高嗎？」他搖頭，小聲說：「不用玩也沒關係啦。我媽愛亂出主意，好糗。」

我們便沉默的坐在客廳，看著電視。

也不知道是巧或不巧，電視上竟然出現爸爸！是他新的電影預告。

我呆住。

張良穎好像發現我有點不對勁，轉頭看著我。

我的淚像大爆發的水龍頭，嘩啦啦嘩啦啦往下流，我還哭出聲，愈哭愈停不下來。

張良穎慌張的問：「你怎麼了，我下樓去找你媽媽……」

我用力搖頭，像要把十年來的難過都一次搖掉。我說：「不要不要！」

幼兒園時，張良穎常牽著我的手一起上學，我想起來，那時，他把我的手握得好緊，有一次，我還甩掉他的手，跺腳說：「太緊啦。」他就害羞的說對不起，再輕輕的牽起我的手。

可能是這樣，我才大解放般，敢在張良穎面前大哭吧。

他沒說話，抽出桌上的面紙，遞給我。

等我哭得過癮了，我便拿出那一疊電影雜誌，跟他說：「這是我爸爸，但是我不能跟他住在一起。」

張良穎很驚訝，但看得出來又壓抑住他的驚訝，輕聲說：「他很紅。你長得有點像他。」

「哼，我才不稀罕像他哩。」我當然是逞強。

我還說：「等我中學畢業，就要回法國讀高中了。」

張良穎知道我外公是法國人，小時候，外公曾帶著我們兩個小小孩，一同到植物園與昆蟲館玩。這是外公堅持的：「要讓小鳳學會良好的人際關係，別讓人找隙縫碎嘴。」

我那時不懂外公說的話，外公有時說起中文，常使用奇怪深奧的字詞。外婆便翻譯給我聽：「對人好，別人比較會留情面，不亂說你的壞話。」

我猜，媽媽多少也被外公外婆影響。她還是準備了「一級致癌物」，參與社區的活動，不想被排擠，被外人碎嘴吧。

張良穎臉還是紅紅的，不知道是剛才被火烤得通紅，還是害羞的紅。他翻著手上的電影雜誌，說：「以後我如果看到封面是你爸爸，就幫你買回來。」

我點點頭，然後又搖搖頭說：「不用啦，我對電影沒興趣。」

「那你對什麼有興趣？」

我想了想，實在沒有答案。我一直覺得，等我到了法國，人生的一切，才有真確的選擇與答案吧，現在，就只是等著。

那是長大以後，唯一與張良穎說話、而且說的是「祕密知心話」的一次。之後，我們在電梯偶遇，他只是臉紅紅的，沒開口。

我終於確定他的臉紅，是害羞。

中秋節烤肉會之後，我與媽媽討論為何她言行不一，明明對烤肉不屑，還勉強自己參加。她說：「這是保護色，你得融入群體中，而非站在圈子外。」她還進一步說明：「我熱心參加社區活動，他們就比較沒機會找我的小缺點攻擊我。因此，雖然我委屈自己做不想做的事，不過，卻免於招來更多麻煩。相信我，我可是會計師，懂得精打細算。」

想想挺有道理。而且，反正我將來是要到法國，離開此地。這些人、這些事，將不再對我有何意義。

我也開始執行「融入群體」的行動了。我對每個對我微笑的人，也回報微笑。送一顆糖的，我回贈一包。後來，還沒等到對方送我任何東西，我也會伺機送點小禮物，我成了受歡迎的好好小姐。

沒有人找過我麻煩，媽媽的策略是對的。

七年級時，某日我走過校門口，警衛方伯伯叫住我，說：「小鳳，來，這裡有你的包裹。對了，你前天送我的芭蕉，好吃耶。」

那是外公給我們的，好幾串，根本吃不完。我思來想去，總不能送同學，於是想到可以送方伯伯，他總是笑呵呵的，不過，聽同學說，他很愛聊八卦。

這包裹很奇怪，只有我的名字，看不出來是誰送的。我走回教室，一打開，卻發現是爸爸寄來的一盒外國巧克力。

那日上課，我無法靜下心來。

等到媽媽下班，我立即向她報告這樁怪事。

媽媽看了看包裹中附的信，先發出疑問：「這是他親筆寫的嗎？說不定是請助理寫的。」

有沒有親筆寫不是重點啊！

「爸爸開始送我東西，這是什麼意思呢？」十二年未見過的女兒，此時忽然捎來問候，就像他信中寫的：「也該是我們父女互相了解一下的時候了。」誰需要他的巧克力，以及，互相了解？

可能是媽媽精打細算的會計師性格使然，她居然給我一個遠到天邊的答案：

「可能是他發現自己的兒女不成材，將來不會有高收入可以養活他，還是多找個備案比較可靠吧。」

媽媽不去寫奇幻小說太可惜了。

「又可能，近日有記者準備爆料，他便先一步搶得發言權。」媽媽說的這個答案，比較接近真相。

她果真料事如神，第二天，八卦雜誌刊登了這消息。不過，讓人放心的是，只有爸爸一家上報，我與媽媽完全沒被寫出來，只說是「A女、私生女」。

媽媽看完雜誌，對外公說：「解決了！只要被報導過，從此免疫，以後不會有人對他的私生女感興趣了。何況，那個人現在已經在演藝圈走下坡，從小生變老生，沒有報導價值啦。」

話雖這麼說，接下來幾天，媽媽還是要我小心，路上有任何陌生人找我說話，絕對不可搭理。講完，她似乎不夠放心，乾脆要求外公與外婆來我們家住一週，接送我上下學。

我緊張極了。一來是想，爸爸會因為此事，想辦法與我相見嗎？二來又猜，會不會因為這樣，外公要我提早到法國？

結果我的擔心是多餘的。事情只延續兩天，第二天的八卦報紙，將前一日雜誌上的文章，再加油添醋重複一遍，連相片都只有一張。再過幾天，新聞煙消雲散，彷彿根本沒有發生過。而且，外公還沒退休，不可能此時移民到法國。

這世界永遠不缺更辣更腥的八卦，輪不到一再報導我們這種人間小悲劇。媽媽這樣下結論。

只是，我卻開始恍惚起來；第一次收到爸爸的信，爸爸的禮物，那是十二年來未曾實現過的奢想，然而，發生了。

我是真的有爸爸的。

媽媽利用假日帶我逛街看電影，看來是想讓我分心，莫再想那個住得不遠，卻比火星還要遙遠的爸爸。

我問媽媽：「你會再婚，給我一個爸爸嗎？。」

媽媽的眼睛瞪出火來：「你可別嚇我，更別逼我。我才不想為你給你一個形式上的爸爸，就栽進墳墓哩。」

當我第二次又收到方伯伯遞給我的包裹時，真是警喜到快要飛上天了。方伯伯問：「該不會是小情人送的禮物吧？」

我太快樂了，竟然脫口說：「我爸爸送的。」

一說完，我發現不妙，趕緊飛奔到教室。不管了不管了，我的爸爸，還是惦記著我的。這次，他送的是我最愛的餅乾，我們果然父女有默契嗎？

爸爸的信很短，跟上次一樣，大意仍是對我很抱歉，希望我能好好長大，成為既快樂又有成就的人。

我心中滿是感謝。這次，我沒再跟媽媽說，我將這個祕密，甜甜的收藏在心裡。不論如何，我的爸爸都還是意識到，人間有個女孩，是與他有生命連結的。

我真想與誰分享這樣的快樂啊，卻是不能說。在電梯與張良穎獨處時，我勇氣上身的對他笑了笑，他也馬上一秒迅速臉紅，笑了。

當我第三次再收到爸爸的信時，真是開心得要爆炸了，心裡簡直可以開出一朵碩大的花。這回只有信，沒有禮物，禮物才不重要呢。爸爸簡單寫著，以後他會盡量抽空寫信與我聊聊，希望別埋怨他無法與我見面。

不會。我在心裡謝謝爸爸，謝謝你沒將我忘記。

我的人生，還是美好如朝陽的，充滿絲絲縷縷金色陽光的。我要對周圍的人更加周到，懂得體貼別人。我相信對人好，這世界就會對我好。

捌、某一天

張良穎往學校走，半路殺出楊培俊，劈頭就說：「穎哥，你知道杜老師昨天跟我討論到暗物質的什麼嗎？」

張良穎笑笑，什麼也沒說。他的書包裡，放著這一期新的電影雜誌，這會讓他的心覺得踏實。

自從薛小鳳跟他說了那個祕密，他便愛上電影雜誌；只要抱著它，就像抱著小鳳信賴的眼神與語氣，他十分珍惜這個只有他懂的「擁有」。而且，只有他知道，高中後，小鳳將遠至法國，此刻任何人給的任何告白信，到時候對薛小鳳來說，將成為微不足道的回憶。

張良穎想到這一點，開始覺得大陳那天拜託他轉交告白信的舉動，真有點可憐呢。大陳一定不知道，他再如何告白都沒有用；總是得意春風、要什麼都能得手，所以也十分大方的大陳，他對小鳳的情感測試，試卷卻只能得零分了。

身邊的楊培俊仍舊不死心，當起科學志工為張良穎解說有關「暗物質」的種種新論證，生怕萬一大好人穎哥沒能及時明白暗物質對宇宙的影響，會導致穎哥不幸似的。

「穎哥你聽我說，暗物質與普通物質的比例，是五比一。想想，我們看得到的太陽啦、行星啦、氣體啦，這些普通物質只佔宇宙總質量與總能量的百分之五，暗物質佔了百分之二十五耶！」

楊培俊忽然停下腳步，彷彿沉陷入無比深刻的思考中。一會兒，他又低聲對張良穎說：「看不見的，永遠比看得見的來得多。你說，這宇宙學算不算也是一種人生哲學？」

張良穎不斷的點頭與微笑。

走進教室，女同學潘盼雙眼晶亮，正向大陳與小李展示手中的CD：「是鼓手大師 Steve Gadd 的專輯，我要瘋了，我要瘋了！」說完，她就在座位間瘋瘋癲癲奔跑穿梭著。

大陳連呼：「小心一點，別撞到那部上萬元的播放器。」大陳前一天便答應帶家裡的高級CD播放器，讓潘盼在下課時可以虔誠的聆聽神曲。小李聽見，立刻跑到播放器邊，伸出雙手圍住，保護這昂貴器材。

「哪來的 CD，你爸爸買的？」大陳問。

潘盼回話：「哪有可能。是薛小鳳送我的，我的好姐妹啊。」

潘盼隱約覺得，那就是媽媽藉著小鳳，傳遞給她的訊息：「勇敢的孩子，上帝會給你該有的獎勵。」

大陳則決定，下課時找機會跟穎哥聊聊，他已下定決心，願意助穎哥一臂之力，務必追到薛小鳳。穎哥一直都對人好，也該輪到大陳對他好；再怎麼說，與別人一起搶同一件東西，這種事，大陳是做不出來的。

小李也點頭，贊同大陳的論點。

「昨天交給穎哥的信，希望他有好好把握這個機會，向小鳳告白。」大陳說。

小李也一臉嚴肅的繼續點頭。

大陳心裡，當然是帶著一絲絲酸楚的。小鳳，是他心中的流淌過的一彎小溪，嘩啦啦激起無數血管裡的熱意與震盪。不過，給吧！大陳的字典裡，沒有不給這個否定詞。他早已習慣扮演大阿哥，照料底下芸芸眾生。

那封信，其實是小鳳外公寫的。在他聽到女兒描述：「小鳳還是挺在意有沒有爸爸關心」時，與小鳳外婆一起討論出來的點子。

他們一向對人好，對自己心肝寶貝的孫女，自該更好，絕不容許小鳳在成長期間，覺得被爸爸拋棄。等過了這段期間，到法國留學，大了，成熟了，對世事百變不驚，一切也就不造成傷害了。

唯一麻煩的是如何騙過學校警衛。

豈料十分簡單，外婆請一位摯友幫忙，騙警衛說是小鳳爸爸的助理，送上禮盒，編造的理由是：「這個不稱職的爸爸，老在外拍戲，每次想去看女兒，就是排不出適當時機。所以想給她一個驚喜，送禮物到學校給她，讓她一早上學便有好心情。」那位警衛居然眼眶泛著淚光答應了，還保證：「我絕對不說出去，父女之情，情比海深哪。」

其實外公一點兒也不相信那位警衛，但是，這點完全不重要，重要的是對小鳳傷害必須降到最低。外公的好友在報業工作，知道八卦雜誌挖到這則新聞時，便立刻通知他了。

張良穎以為前一天大陳給他的信，是大陳告白信。他不可能知道那是小鳳外公揑造的「親愛爸爸」信。當天他故意在家中大樓的大廳等著，耐心的守著，直到薛小鳳進門。

兩人走進電梯時，張良穎拿出信，遞給薛小鳳。她看看信上的字跡，臉上先是喜，繼而是驚。張良穎說：「我不會說出去的，放心。」

薛小鳳卻笑了，難得開口說：「謝謝。你真是好人。」

就算是為人送告白信，自己當月下老人，這個笑，這句話，張良穎還是恭恭敬敬、無比喜悅的收下。他決定此生此輩，永遠要當好人。

杜老師批改作業時，心裡一直回想著楊培俊的抗議。她是否訂的標準太高，對某些學生而言，太嚴苛了？然而，不這樣，世界有公平正義嗎？大家都來爾虞我詐、隨意打混、迷糊過一生嗎？尤其改到一張考卷，那題答案很明顯，絕絕對對是這個學生瞎猜的，想矇混。杜老師氣起來，以紅筆在上面打個大叉。

宇宙間所有人，日復一日生活著，好人也是。大家都是好孩子，都乖，所以什麼怪事大事也沒發生。

但是，又該發生什麼呢？

快問快答

設計／梁丹齡（教育部資深閱讀推動教師）

每個人都渴望被肯定，活得有價值，書中的主角也有同樣的慾望。如果將每個人比喻成一座冰山，據我們書中看到穎哥的善良、楊俊俊的熱心、小李的順從、杜老師的正義、大陳的大方、潘盼的勇敢與小鳳的周到，在校園的事件和人際網絡中其實只是浮在水面的冰山樣態，水面之下冰山又是如何呢？讓我們進入人性實驗室當個小偵探，探討他們沉在心海之下的心理特質與與渴望吧！

探討事件1

杜老師為了維持他一貫的正義感，決定在下一節課英俊俊來上自然課時，告訴全班他維持考試扣英俊俊分的決定，並在課堂上花十分鐘闡述他的理由，反而激起全班同學正反意見議論紛紛。你覺得書中其他的六位同學對這件事有什麼想法或行為？

探討事件2

穎哥和小鳳因為互有好感也常在電梯中相遇，穎哥終於鼓起勇氣在情人節前夕對小鳳表白，而小鳳也因此考慮接受。如果這件事被發現雙方家人和大陳知道了，你覺得他們分別會有什麼反應呢？

探討事件3

小李因為拗不過爸爸的命令進跆拳道社，沒想到一次練習意外造使小李手部骨折，小李心生害怕，想要退出跆拳道社，正巧被大陳和潘盼探病時聽到。他們兩人會給小李怎樣的建議呢？

探討事件4

春假過後，班上來了另一位轉學生陸威，沒想到他竟有穎哥的善良、英俊俊的熱心、小李的順從、杜老師的正義、大陳的大方、潘盼的勇敢與小鳳的周到，每位老師幾乎把陸威捧上天。猜猜看，他們六個人會用怎樣的態度對陸威呢？

作者的話

好人也是一種原罪

王淑芬

「她在教師節想念小學老師，彷彿還是紮著辮子，到辦公室幫老師倒茶的乖小孩。她很小就知道，會吵的孩子有糖吃，但是不吵的孩子也有各種特權任務。她討厭午睡，老師要她這個乖孩子擔任糾察員，記不睡的壞小孩；於是她既免除假睡之苦，又威武站在黑板前扮演錦衣衛，一箭雙鵰。

被老師信賴的學生，金子般的童年，這段時光是她人生九品中正制度裡，唯一被批為『上上』的歲月。過了童年，她便不曾因為乖而得到什麼獎賞。」

以上是我在多年前寫的一段人生慨嘆。

人生究竟應該乖，還是不乖？當然沒有標準答案，得看你對乖的定義為何。只是，選擇以好孩子、看起來不會製造社會困擾的好人當小說主角，倒是我這位作者的一次不乖。

因為我深知，小說需要衝突、富戲劇張力，最好是「善惡之爭、正邪之戰」的澎湃大戲。如果一本小說，想寫的偏是普通孩子，太平盛世沒有災難的尋常人生，有什麼足以吸引讀者目光？

一般小說中不被重視的普通人，當然也有故事，只是無人知曉，不如那些劇力萬鈞的大反派或超級英雄。無時不在我們身邊、舉目所及皆是這樣的你與我，也需要被了解與傾聽，不是嗎？這本小說想寫的就是這些。

跟不少人一樣，我從小被教導著要乖，也期望周遭人行為正當，遵循四維八德，有禮有義、知廉知恥的過日子。只是，成長過程中，我也逐漸發現，人世的遊戲規則不一定是「乖＝獎賞」。我看過總是凡事一肩扛的人，到頭來果真所有人都把責任往他肩上扔，於是他只能對自己嘆氣：「當好人好累。」或是，只要有事，團體中一定指望那個大好人來承擔。

倒也不是說，從此大家都來當壞人，別當善心人士了。

只是想說，有意無意中，那些人性裡的光輝：善良、熱心、順從、正義、大方、勇敢、周到，像某種原罪，可能迎來獎賞，也可能是十字架般往頭上一壓，被壓得疼，卻不能喊疼。所以，讀者從篇章安排，應該一眼便看出來，我是仿七宗罪的形式來書寫。因為某種角度而言，好人，也是一種原罪。

若以結果論，好人無疑的會做好事。但是，好人的形成過程，卻有多種樣貌。也許是天生、也許是無可奈何被逼的；更也許，好人只是保護傘，屬於生存所需。

我還想問，好人需不需要被肯定？好人要的是掌聲，還是別的？身為好人，是一種快樂，還是感傷，甚至苦難？

人該善待他人，但是，人也有權利不被視為「因為你是好人啊」，永遠被佔便宜。不論哪種人，皆有人性需求，想被關心與愛，而不是永遠都在分送自己所剩不多的愛。好人也是。

推薦文

好人，你為什麼不爆炸？

文／海苔熊（心理學作家）

你是「好人」嗎？你總是嘗試在別人面前當個好人嗎？或曾在人際關係中，有以下這樣的感覺嗎？

佯裝堅強：明明很想哭，卻告訴自己不要落淚、明明想要逃跑，卻要自己撐起一切、勇敢站著，因為你如果倒了，那些剩下需要你照顧的人怎麼辦？

缺乏主見：你不想要變成那個「出頭」的人，所以不論別人說什麼，你就跟在後面最安全，沒有什麼自己的想法。

正義魔人：你就是看不慣某些不公不義的事情，別人都畏畏縮縮的時候，你會是第一個跳出來，維持正義的人。

過度理性：你習慣講求證據、數據、科學結果，對那些沒有驗證就下結論的事情，感到嗤之以鼻。

照顧成癮：習慣性照顧別人，把自己的需求放在最後面，大家有得吃就好，自己飽不飽不重要。

取悅患者：別人的快樂就是你的快樂，透過讓別人開心、喜歡你，找到自己存在的意義；明明不贊同對方的做法，卻因為害怕被討厭，什麼都說好。

體面中毒：你很在意別人怎麼看你，所以時時刻刻都要表現得非常體面、八面玲瓏，不要得罪任何人，言行舉止也要符合大家的期待。

上面這七種個性，分別對應到《我是好人》書中的七個角色（事實上，有的角色同時囊括兩種甚至更多種），它們像是「人格面具」（persona），戴上時，你並不是在「做自己」，所以有時會像書中穎哥一樣，面臨一些掙扎或者是痛苦——奇怪的是，如果做這件事情很辛苦，為什麼我們會一直戴著這樣的面具呢？

事實上，這些面具有其形成的原因和功能，就像書中的大陳，曾經因為犧牲、分享自己心愛的東西，而得到母親讚賞。一次經歷後，他將自己定位為一個「好人」、「照顧人的大哥哥」。只是如果你像他們一樣，長期帶著「好人」的面具，有一天你可能連拿都拿不下來了。只要身邊的人習慣你的角色、定位，你也自我說服，就是一個「善於照顧別人、替別人著想、剛正不阿、維持和諧」的人，這些變成你自我概念（self-concept）的一部分，反過頭來操控你的人生。

如果你和書中的穎哥或小鳳一樣，善於壓抑，從榮格心理學的角度來看，當內心的黑暗面被過度壓抑或束縛，總有一天會反撲。你可能爆炸了、說出你真的感覺了，身邊的人卻說你變了，於是你開始懊悔，為什麼不繼續假裝？

聽起來這樣很悲慘，不過，如果從「自性化歷程」（即人格的養成）來看，這個「爆炸」反而是一個好的開始。以前那個「人太好」的你用某種方式死去，新的你才有機會可以重生。過去的你，因為害怕被別人討厭，所以用某一種方式存活著，在別人的鼓勵和稱讚下苟且過著不真誠的生活，可是久了以後，你反而開始討厭起自己來。隨著歲月的洗鍊，你開始明白，有些人，不值得你對他好；有些事，還是自私一點比較好，這樣的轉變也讓你開始找回那些原本的你。

好的你和壞的你，都是你。

我並不覺得，上面那些「好人面具」應該全然被丟棄，我反而認為，正因為這些面具，才造就今天的你。只是，同樣我也認為，或許一個成熟的人並不是要永遠誠實，而是漸漸學會，什麼時候該表現出真誠的自己、什麼時候該戴上防衛的面具。以及知道，什麼時候你該練習對自己好，而不只是一味討好。

推薦文

誰是誰的好人？

文／王冠銘（桃園市慈文國中校長）

我是好人，這是誰的認為呢？是我自己？還是從他人的口中得到的肯定？我是好人，這是我所願意的嗎？是不假思索的自然？還是一種不得不的處境？究竟，做一個好人，是好？還是不好？

《我是好人》以七個人物各自具有的角色屬性與人格特質，在我們認為平凡而熟悉的場景中，透過彼此的關係脈絡流動與事件交互牽連，發展出一段段看似獨立，卻潛藏探討因果與哲學省思的生命故事。書中傳達的不同特質的代表人物，在他們身上似乎都背負著、被賦予著形成「特質」的期望歷程，也許是來自某一時光的曾經，那瞬間或持續帶給自己的歡喜與肯定，細究起來可能連自己都未曾明白的真實情緒；或是受到某一事件的觸及，那必須面對因應或轉折逃避的處境，回溯起來可能連自己都未能明白解析的道理，卻漸漸成為一種習慣，自主或是不自主。

故事中敘寫筆觸與情節排構布局，將每一個人物的特質融入令讀者心動的內容節奏中，細細讀來，引人入心。隨著文字步履前行時，會有意在弦外與豁然明白的體悟與驚喜，腦海中不禁浮顯起「原來……」的會意。那些來自每個人物面對自己的對語，以及在他們腦中反覆思索，可能是從他人眼中看到的自己，也給予讀者思辨的澄清，價值的歸依。閱讀本書，彷彿也閱讀著自己過往的曾經，特別是那些走過人生風霜起伏與世事千迴百折的曾經後，更覺得當初若有能夠閱讀到這樣一本好書的際遇，或許可以少卻了許許多多的波折衝擊。

這七個不同特質的人物，他們的故事、背景、他們心中的樂苦憂喜，在教育現場的周遭，是再也熟悉不過的場景，貼近且值得關心。我想，《我是好人》一書，不僅值得成為學校班級閱讀教學共讀書目的優質選擇，在輔導孩子的需求中，也是最佳陪伴的助力——當一個好人，一個真正的好人，一個能夠認清楚自己的「好」的人，才能夠沒有負擔的看見最真實的自己。

我是好人

國家圖書館出版品預行編目 (CIP) 資料

我是好人 / 王淑芬文；曾湘玲圖 . -- 第一版 . -- 臺北市：親子天下 , 2018.05
160 面；14.8 X 21 公分 . -- (樂讀 456 ; 48)
ISBN 978-957-9095-70-9 (平裝)
859.6　107005928

作　　者｜王淑芬
繪　　者｜曾湘玲

責任編輯｜楊琇珊
內頁排版｜極翔企業有限公司
封面設計｜魏安杰
行銷企劃｜陳雅婷

天下雜誌群創辦人｜殷允芃
董事長兼執行長｜何琦瑜
兒童產品事業群
副總經理｜林彥傑
總　　監｜林欣靜
版權專員｜何晨瑋、黃微真

出 版 者｜親子天下股份有限公司
地　　址｜臺北市104建國北路一段96號4樓
電　　話｜（02）2509-2800　傳真｜（02）2509-2462
網　　址｜www.parenting.com.tw
讀者服務專線｜（02）2662-0332 週一～週五：09:00~17:30
讀者服務傳真｜（02）2662-6048
客服信箱｜bill@cw.com.tw
法律顧問｜台英國際商務法律事務所・羅明通律師
製版印刷｜中原造像股份有限公司
總 經 銷｜大和圖書有限公司　電話：（02）8990-2588
出版日期｜2018年5月第一版第一次印行
　　　　　2021年9月第一版第七次印行
定　　價｜280元
書　　號｜BKKCJ048P
I S B N｜978-957-9095-70-9（平裝）